Don Camillo, der hünenhafte Pfarrer alter Schule, und Peppone, der gedrungene kommunistische Bürgermeister, sind einander wert. Fromm und von praktischer Klugheit ist der eine, aufgeklärt und tragisch vernagelt der andere. Beide geraten leicht in einen heiligen Zorn. Und beide sind wahre Menschenfreunde. Darum reden sie zwar, Schlag auf Schlag, in einem feindseligen bis grimmigen Ton miteinander – wenn sie überhaupt miteinander reden. Aber sobald in ihrem Dorf ein Problem auftaucht, das einer allein nicht lösen kann, arbeiten sie zusammen – uneingestandenermaßen, versteht sich! Sind sie vielleicht doch unterirdisch verbunden, da sie immerhin dem gleichen *Mondo piccolo* im Bauernland der Po-Ebene entstammen? Oder ist es eine überirdische Verbundenheit?

(Peppone würde das entrüstet zurückweisen.)

Der Schöpfer dieses unsterblichen Schelmen-Paares, Giovanni (auch Giovannino) Guareschi, 1908–1968, war Journalist. Er hat die satirische Zeitschrift *Candido* 1945 gegründet und bis 1961 geleitet. Seine christlich konservative Überzeugung, die sich manchmal recht militant äußert, hat ihn nicht gehindert, seinen Peppone herzlich zu mögen. Übrigens auch nicht daran, christliches Denken und christliches Reden so ernst wie heiter kritisch abzuklopfen.

Dieses Taschenbuch enthält sechs besonders schöne und interessante Don-Camillo-Geschichten in italienisch-deutschem Paralleldruck.

dtv zweisprachig · Edition Langewiesche-Brandt

Giovanni Guareschi

Un poco di Don Camillo, un poco di Peppone

# Ein bißchen Don Camillo, ein bißchen Peppone

Übersetzung von Rosemarie Winterberg

dtv

Deutscher Taschenbuch Verlag

Deutscher Taschenbuch Verlag GmbH & Co. KG, München
August 1983
*Il Nembo, La Giannona* und *La Trattoria* entstammen dem Band *Gente Cosi / Mondo Piccolo* (Deutsche Ausgabe: ... *und da sagte Don Camillo*), *Il Segreto* ... und *I Vecchi Parroci* ... dem Band *Don Camillo e i Giovani d'Oggi* (Deutsche Ausgabe: *Don Camillo und die Rothaarige*).

Umschlagentwurf: Celestino Piatti
Gesamtherstellung: Kösel, Kempten
ISBN 3-423-09198-3. Printed in Germany

# *Il «Nembo»*

Preso a sé, nudo e crudo, era un grosso ciclofurgone a pianale ampio, basso e senza sponde, con le ruote laterali assai più piccole della ruota motrice posteriore.

Possedeva una solida ossatura di tubo d'acciaio pitturato di rosso scarlatto e poteva trasportare carichi notevoli: ma, nonostante tutte queste belle qualità, considerato in sé per sé, non era che un ciclofurgone.

Quando, invece, era completato dallo Smilzo, diventava «il Nembo».

Tozzo, pesante, lento per sua natura, il ciclofurgone della Casa del Popolo, con lo Smilzo in sella, si trasformava in una creatura ardita, fremente, quasi saettante.

Peppone, costruttore del triciclo, una volta terminata la sua opera, aveva spiegato ai compagni della Casa del Popolo: «Lasciate che la reazione rida se a causa della demoltiplica si pedala in fretta e si cammina adagio. L'importante è arrivare dove si vuole arrivare, qualunque sia il carico. Il concetto della rivoluzione proletaria che perde in velocità ma acquista in potenza è quello che ho seguito nella costruzione del triciclo.»

Il Bigio e poi il Brusco e il Lungo avevano collaudato il triciclo uniformandosi al concetto della rivoluzione proletaria lenta e potente, ma venuto il suo turno, lo Smilzo era saltato in sella affermando: – Capo: la demoltiplica non farà ridere i reazionari!

I reazionari, infatti, non risero a causa della demoltiplica che rendeva lento il triciclone: risero per via del
6 furore col quale lo Smilzo doveva pedalare per ren-
7 dere veloce la marcia della ciclorivoluzione proletaria.

# «*Sturmwolke*»

Für sich allein betrachtet, war es schlicht und einfach ein Dreiradlieferwagen mit geräumiger, tiefliegender, wandloser Ladepritsche und mit Seitenrädern, die viel kleiner waren als das Tretrad hinten.

Es besaß ein solides, hochrot gestrichenes Stahlrohrskelett und vermochte erhebliche Lasten zu transportieren; trotz all dieser schönen Eigenschaften aber war es an und für sich eben nichts weiter als ein Dreiradlieferwagen.

Sobald jedoch der Smilzo dazukam, wurde es zur «Sturmwolke».

Von Natur aus plump, schwerfällig, langsam, verwandelte sich mit dem Smilzo am Steuer der Lieferwagen des Volkshauses in ein kühnes, schneidiges, geradezu pfeilschnelles Geschöpf.

Peppone, der Konstrukteur des Gefährtes, hatte nach Beendigung seines Werkes den Genossen vom Volkshaus erklärt: «Laßt die Reaktionäre ruhig lachen, wenn man wegen der Untersetzung mit dem Ding schnell pedalt und langsam vorankommt. Die Hauptsache ist, daß man damit ans Ziel kommt, egal mit welcher Fracht. Ich bin beim Bau des Dreirades dem Konzept der proletarischen Revolution gefolgt, die an Schnelligkeit verliert, dafür an Stärke zunimmt.»

Bigio und danach auch Brusco und Lungo hatten sich dem Konzept der langsamen und starken proletarischen Revolution angeschlossen und das Fahrzeug gelobt; als aber der Smilzo an die Reihe gekommen war, hatte er sich auf den Sattel geschwungen und gesagt: «Chef, die Reaktionäre werden nicht dazukommen, wegen der Untersetzung zu lachen!»

In der Tat lachten die Reaktionäre nicht wegen der Untersetzung – sie lachten wegen der Heftigkeit, mit der der Smilzo strampeln mußte, um den Marsch der proletarischen Dreiradrevolution zu beschleunigen.

La reazione rise e disse: «Passa il Nembo!».

Rise perché non capiva che non si trattava d'una questione di gambe ma una questione di fede.

«Il Nembo è in ordine?» domandò sottovoce Peppone allo Smilzo.

«A posto, capo» lo rassicurò lo Smilzo.

Peppone si rivolse agli altri della banda e disse: «È già mezzanotte e mezzo: andate pure a casa. Io e lo Smilzo rimaniamo qui per finire la revisione dello schedario.»

Poco dopo alla Casa del Popolo rimanevano soltanto Peppone e lo Smilzo.

Si gingillarono un bel po' attorno allo schedario poi Peppone venne al sodo: «C'è un servizio delicato da fare e questa è la notte buona perché c'è nebbia e la terra è gelata.»

Lo Smilzo allargò le braccia e guardò perplesso Peppone.

«Non ti preoccupare, capirai dopo» borbottò Peppone. «Adesso devi semplicemente rispondermi se ti senti di impegnarti per una missione delicata.»

«Sono qui per questo.»

Peppone si alzò avviandosi verso la porticina che dava nel cortile e lo Smilzo lo seguì.

Traversato il cortile buio e silenzioso, si fermarono sotto la tettoia di lamiera ondulata che riparava il portone dell'autorimessa.

Apersero cautamente e, una volta dentro lo stanzone dell'autorimessa, Peppone, assicuratosi che gli scuretti della finestra fossero chiusi, accese una lampadina tascabile.

«Gira il Nembo in modo che sia pronto per uscire e accostalo alla porta» ordinò Peppone.

La manovra non risultò difficile perché nel grande camerone, all'infuori del Nembo, non c'era nient'al-
8 tro e, quando lo Smilzo ebbe piazzato il triciclone
9 come voleva il capo, Peppone passò nella legnaia alla

«Da kommt die ‹Sturmwolke›!» lachten die Leute.

Sie hatten eben nicht begriffen, daß das Ganze nicht eine Bein-, sondern eine Glaubensangelegenheit war.

«Ist die ‹Sturmwolke› in Ordnung?» fragte Peppone den Smilzo halblaut.

«Bestens, Chef», versicherte dieser.

Da wandte sich Peppone an die andern Genossen: «Es ist schon nach Mitternacht – geht nur nach Hause. Ich bleibe noch mit dem Smilzo hier; wir wollen die Kartei zu Ende revidieren.»

Bald danach waren Peppone und der Smilzo allein im Volkshaus.

Sie machten sich eine Weile an der Kartei zu schaffen, dann kam Peppone zur Sache: «Da ist ein heikler Auftrag, und heute nacht wäre es günstig, weil es neblig und der Boden gefroren ist.»

Der Smilzo breitete die Arme aus und starrte Peppone ratlos an.

«Keine Angst, du verstehst es noch früh genug», knurrte Peppone. «Im Moment brauchst du nur zu sagen, ob du Lust hast, dich für eine delikate Aufgabe einzusetzen.»

«Dafür bin ich doch da.»

Peppone stand auf, und der Smilzo folgte ihm zu der kleinen Tür, die in den Hof führte.

Nachdem sie den dunklen, stillen Hof überquert hatten, blieben sie unter dem Wellblechvordach stehen, das den Garageneingang schützte.

Vorsichtig öffneten sie das Tor. Und als sie nun in der weitläufigen Garage standen, versicherte Peppone sich zuerst, daß der Fensterladen geschlossen war, ehe er eine Taschenlampe anzündete.

«Dreh den Lieferwagen so, daß du ausfahren kannst, und stell ihn dicht ans Tor!» befahl Peppone.

Das ließ sich mühelos bewerkstelligen, denn außer der «Sturmwolke» stand nichts in dem großen Abstellraum. Als der Smilzo den Wagen so hingestellt hatte, wie der Chef es wollte, ging Peppone weiter in den kleinen Holzschuppen, den

quale si accedeva dal garage, attraverso una porta di spessa lamiera.

«Aiutami a togliere quelle fascine!»

Lo Smilzo eseguì e, poco dopo, l'angolo che interessava Peppone era sgombro. O meglio: era sgombro di fascine rimanendo occupato soltanto da due grosse casse.

Peppone appressò l'occhio della lampadina alle casse e lo Smilzo ebbe un sussulto. Conosceva bene quel tipo di casse: roba militare chiuse con robusti lucchetti e sigillate con bolli di ceralacca.

«Aiutami a portarle di là!»

Lo Smilzo agguantò una maniglia della prima cassa: «Accidenti come è pesante! Neanche fosse piena di piombo!» esclamò.

«Chiudi il becco!»

Portarono il cassone nella rimessa e lo caricarono sul Nembo.

«Credi che si dovranno fare due viaggi o che si potrà fare un viaggio unico caricando tutt'e due le casse?» domandò Peppone.

«Dipende dalla lunghezza del viaggio» rispose lo Smilzo. «Per portarle, le porta anche se fossero più pesanti.»

«Il viaggio è lungo come da qui al cortile di casa mia» spiegò Peppone. «Però bisogna passare dalla strada degli Orti e arrivati alla chiavica piccola prendere la viottola.»

Lo Smilzo sobbalzò: «La viottola? Capo, se entro nella viottola mi impantano e ci vuole un *Caterpillar* per cavarmi fuori.»

«Non dire stupidaggini! La terra è gelata, dura come la ghisa. E poi, se non ce la fai, fischi e vengo io.»

«Se la terra è gelata, col Nembo arrivo fin sul monte Bianco!» affermò lo Smilzo sicuro di sé. –
10 Carichiamo anche l'altra merce.
11 Quando anche l'altra cassa fu sistemata sull'ampio

man von der Garage aus durch eine dicke Stahlblechtür erreichte.

«Hilf mir diese Reisigbündel wegräumen!»

Der Smilzo gehorchte, und bald war die von Peppone bezeichnete Ecke leer. Oder besser gesagt: sie war von Reisigbündeln leergeräumt, und es stand nun nichts da als zwei klobige Kisten.

Peppone richtete den Strahl seiner Lampe auf die Kisten, und der Smilzo fuhr heftig zusammen. Er kannte diese Art Kisten genau: Militärmaterial, mit schweren Vorhängeschlössern gesichert und versiegelt.

«Faß an, wir tragen sie hinüber!»

Der Smilzo packte einen Handgriff der ersten Kiste: «Teufel, ist das schwer! Man könnte glauben, es wäre lauter Blei drin!» rief er aus.

«Halt die Schnauze!»

Sie schleppten die Kiste in die Garage und luden sie auf die «Sturmwolke».

«Glaubst du, daß du zweimal fahren mußt, oder kannst du beide Kisten mit einer einzigen Fuhre wegschaffen?» fragte Peppone.

«Das kommt drauf an, wie weit», antwortete der Smilzo. «Am Gewicht liegt's nicht, der Wagen würde sie auch tragen, wenn sie noch schwerer wären.»

«So weit wie von hier bis zu dem Hof hinter meinem Haus», erklärte Peppone. «Aber leider muß man durch die Gartenstraße fahren und ab der kleinen Schleuse den Feldweg nehmen.»

Der Smilzo fuhr auf: «Den Feldweg? Chef, wenn ich dort steckenbleibe, brauchen wir einen Raupenschlepper, um mich herauszuholen!»

«Dummes Zeug! Der Boden ist gefroren und pickelhart. Und wenn du's wirklich nicht schaffst, pfeifst du, dann komme ich.»

«Wenn der Boden hartgefroren ist, radle ich mit der ‹Sturmwolke› bis auf den Montblanc!» behauptete der Smilzo selbstsicher. «Los, laden wir auch die andere Kiste auf.»

Als auch diese auf der großen Ladepritsche stand, legte

pianale del Nembo, Peppone mise una mano sulla spalla allo Smilzo: «Smilzo, sii sincero: ti senti?»

«Capo: innesto la marcia ridotta e non mi ferma più nessuno.»

«Smilzo, la faccenda non consiste semplicemente nel portare due casse da qui a casa mia. Si tratta di portarle senza che nessuno sene accorga. Altrimenti non faremmo l'operazione a quest'ora!»

«Ho ben capito. Tirerò via come un maledetto: ma se incoccio in qualcuno cosa posso fare? Non posso mica mettermi a volare!»

Peppone diede le ultime direttive: «Io, adesso, vado a casa per la strada normale. Poi fra un'ora vengo ad aspettarti sulla carrareccia. Resta qui e, quando senti suonare le due al campanile, parti.»

«Va bene, capo... Tanto per sapermi regolare nella marcia: c'è roba fragile? Roba che si possa rompere... Non so, roba che possa scoppiare?...»

«C'è roba che deve arrivare a casa mia. Il resto non ti interessa. Metticela tutta: più presto ti togli dalla strada e meglio è per tutti.»

Lo Smilzo si asciugò la fronte bagnata di sudore.

«Capo, va bene. Però, prima di mettermi in viaggio, devo fare il pieno. Non vorrei rimanere a metà strada per mancanza di carburante.»

«Grappa?» borbottò Peppone.

«No: ci vuole benzina *super.* Cognac.»

Peppone si allontanò e tornò con una mezza bottiglia di cognac: «Vedi di non ingolfare il motore.»

Lo Smilzo rimase solo e la bottiglia del cognac gli fu di grande compagnia.

Quando sentì suonare le due, spalancò la porta della rimessa e il cancello che dava sul viottolo e, salito in sella al Nembo, ingoiò una gran sorsata di cognac e pigiò sui pedali.

La nebbia era fitta ma lo Smilzo conosceva la strada

Peppone dem Smilzo eine Hand auf die Schulter: «Smilzo, sag mir ehrlich: Willst du's wirklich tun?»

«Chef, ich lege den zweiten Gang ein, und dann hält mich niemand mehr auf.»

«Smilzo, es geht nicht nur darum, zwei Kisten von hier zu meinem Haus zu bringen. Es geht darum, daß sie hingebracht werden, ohne daß es jemand merkt. Sonst würden wir die Operation nicht um diese Zeit durchführen!»

«Das habe ich schon begriffen. Ich werde sausen wie ein Wilder. Aber was soll ich tun, wenn mir jemand begegnet? Wegfliegen kann ich schließlich nicht!»

Peppone gab ihm die letzten Anweisungen: «Ich gehe jetzt auf dem normalen Weg nach Hause. In einer Stunde erwarte ich dich auf dem Karrenweg. Du bleibst hier, und wenn es zwei Uhr schlägt, fährst du los.»

«Gut, Chef... Damit ich mich beim Fahren einrichten kann: Ist was Zerbrechliches drin? ... Vielleicht etwas, das explodieren kann?...»

«Es sind Sachen, die bei mir zu Hause sein müssen. Das übrige geht dich nichts an. Tu, was du kannst: Je schneller du von der Straße wegkommst, desto besser für alle.»

Der Smilzo trocknete sich die schweißnasse Stirn.

«Schon gut, Chef. Aber vorher muß ich noch auftanken. Ich möchte nicht unterwegs liegenbleiben, weil mir der Sprit ausgeht.»

«Grappa?» brummte Peppone.

«Nein, ich brauche Super: Cognac.»

Peppone entfernte sich und kam mit einer halben Flasche Cognac zurück: «Aber paß auf, daß dir der Motor nicht absäuft.»

Der Smilzo blieb allein zurück, aber die Pulle leistete ihm gute Gesellschaft.

Als er es zwei Uhr schlagen hörte, sperrte er die Tür der Garage und das Tor zur Seitenstraße auf, schwang sich auf den Sattel der «Sturmwolke», nahm noch einen großen Schluck Cognac und trat in die Pedale.

Der Nebel war dicht, aber der Smilzo kannte den Weg

a memoria e poi il cognac gli aveva schiarito in modo straordinario la vista.

Finito il viottolo ecco la via degli Orti: il Nembo, carburato a cognac, procedeva a tutta birra e lo Smilzo pedalava a motore imballato come se, invece di due gambe, ne avesse sei come il Supercortemaggiore.

Ecco emergere fioca, in mezzo al nebbione, la luce del fanale della svolta. Dopo la svolta, altri cento metri e poi il Nembo sarebbe arrivato alla chiavica e avrebbe tagliato per la viottola.

Ed ecco la svolta: lo Smilzo ha fretta di togliersi il fastidio di quella maledetta lampada e, buttato giù l'ultimo sorso di cognac, abborda la curva a tutta manetta.

Ma l'insidia è annidata proprio dietro la curva: due occhi rossi brillano nella nebbia. Due fanali. Due biciclette. Due ombre nere.

Due carabinieri!

«Altolà!»

Il Nembo si arena contro un mucchio di ghiaia al margine della strada, e lo Smilzo schizza giù di sella, cade dentro il fosso, si rialza, salta la siepe e scompare in mezzo ai prati, ingoiato della nebbia.

Intanto Peppone aspetta sulla viottola. Ma dovrà aspettare ancora più di un'ora prima di vedersi comparire davanti lo Smilzo.

«E la roba?» domanda quando arriva lo Smilzo.

«Capo: i carabinieri mi hanno bloccato alla svolta. E io, per non farmi beccare, ho tagliato la corda.»

«Altolà!»

Don Camillo – di ritorno dall'aver vegliato il vecchio Bedi – stava svoltando nella strada degli Orti, quando si era visto comparire davanti il Nembo lanciato a tutto Smilzo e, temendo d'essere travolto, aveva urlato «Altolà».

Il satanasso misterioso s'era fermato e un uomo era schizzato via da dietro il veicolo scomparendo. Un

auswendig; außerdem hatte der Weinbrand ihm merkwürdigerweise den Blick geschärft.

Schon hatte er das Seitensträßchen hinter sich und war auf der Gartenstraße: Die «Sturmwolke» mit ihrem Cognacbrennstoff lief wie noch nie, und der Smilzo strampelte, als hätte er nicht zwei, sondern sechs Beine wie der Agip-Hund.

Das Licht der Laterne bei der Kurve drang schwach durch den Nebel. Nach der Kurve noch hundert Meter, dann würde die «Sturmwolke» an der Schleuse angekommen und gleich im Feldweg verschwunden sein.

Da ist die Kurve. Der Smilzo hat es eilig, die verdrießliche, die verflixte Laterne hinter sich zu lassen. Ein letzter Schluck, und er biegt mit Vollgas herum.

Doch genau hinter der Kurve lauert die Gefahr: zwei rote Augen glühen im Nebel. Zwei Scheinwerfer. Zwei Fahrräder. Zwei schwarze Schatten.

Zwei Carabinieri!

«Halt!»

Die «Sturmwolke» läuft auf einem Kieshaufen am Straßenrand auf, der Smilzo schnellt aus dem Sattel, fällt in den Straßengraben, steht wieder auf, springt über den Zaun und verschwindet in den Wiesen, vom Nebel verschluckt.

Inzwischen wartet Peppone auf dem Feldweg. Er muß noch mehr als eine Stunde harren, bis er den Smilzo vor sich auftauchen sieht.

«Und die Sachen?» will er wissen.

«Chef, die Carabinieri haben mich bei der Kurve angehalten. Damit sie mich nicht erwischen, bin ich ausgerissen.»

«Halt!»

Don Camillo – auf dem Rückweg vom alten Bedi, an dessen Sterbebett er gewacht hatte – war eben in die Gartenstraße eingebogen, als er die «Sturmwolke» mit vollen Smilzostärken auf sich zurasen sah. Um nicht überfahren zu werden, hatte er «Halt!» gebrüllt.

Das geheimnisvolle Teufelsfahrzeug hatte angehalten, und hinter ihm war ein Mann weggeflitzt und verschwunden. Ein

uomo sbronzo patocco che vedeva doppio e aveva scambiato un prete per due carabinieri.

Don Camillo, sceso dalla bicicletta, si appressò pieno di sospetto al veicolo e subito lo riconobbe. Non faticò a capire che l'uomo svanito nella nebbia non poteva essere che l'altro pezzo del Nembo.

Alle due di notte lo Smilzo stava facendo un trasporto e proprio per la strada degli Orti? E per chi?

Pensò alla viottola che, partendo dalla chiavica, arrivava alle spalle della casa die Peppone.

Poi, quand'ebbe visto le casse di tipo militare e ne ebbe saggiato il peso ed ebbe constatato che erano chiuse col lucchetto es sigilli, non dovette pensare più a niente perché aveva capito tutto.

Caricò la bicicletta sopra le casse e, saltato in sella al Nembo, incominciò a pigiare sui pedali.

La manovra non era facile, ma la luce che rompeva il buio della svolta lo aiutò. Riuscì a invertire la marcia e pedalò come una intera squadra di Smilzi.

Non incontrò anima viva, lungo la strada, e venti minuti dopo era davanti alla porta della canonica.

Spalancando completamente il grande portone dell'andito, il Nembo riusciva ad entrare. Ed ecco il Nembo intrappolato con tutto il suo carico infernale.

Con un grosso scalpello, don Camillo fece saltare rapidamente i chiavistelli delle due casse.

Sollevò quasi con paura il primo coperchio. Poi sollevò con mano più ferma il secondo.

Era un colpo grosso: una cosa così non se l'aspettava.

Alle quattro del mattino don Camillo andava a tirar giù dal letto Barchini, il tipografo e, fattolo rivestire in fretta e furia, gli consegnava un foglio e gli ordinava di mettersi subito al lavoro.

Alle sei, tre giovanotti si presentavano dal Barchini e ricevevano un rotolo di carte.

Mann, der so stockbesoffen war, daß er doppelt sah und einen Priester für zwei Carabinieri hielt.

Don Camillo stieg vom Fahrrad, näherte sich argwöhnisch dem Gefährt und erkannte es sogleich. Es war nicht schwer zu erraten, daß der Verschwundene niemand anders sein konnte als die bessere Hälfte der «Sturmwolke».

Um zwei Uhr nachts fuhr der Smilzo einen Transport, und ausgerechnet auf der Gartenstraße? Für wen denn?

Er dachte an den Feldweg, der von der Schleuse hinter das Haus Peppones führte.

Als er dann die Militärkisten sah, deren Gewicht ausprobierte und feststellte, daß sie verschlossen und versiegelt waren, brauchte er gar nichts mehr zu denken, denn da hatte er schon alles begriffen.

Er legte sein Fahrrad auf die Kisten, schwang sich auf den Sattel des Dreiradwagens und trat in die Pedale.

Das Wendemanöver war nicht einfach, aber das Licht der Laterne, das die Kurve erhellte, half ihm, und dann strampelte er los wie eine ganze Schwadron von Smilzos.

Er begegnete keiner Menschenseele, und zwanzig Minuten später traf er vor dem Pfarrhaus ein.

Es gelang ihm, die «Sturmwolke» durch die so weit wie möglich aufgesperrte Tür in den Flur zu zwängen. Und da saß nun die «Sturmwolke» mit ihrer ganzen höllischen Fracht in der Falle.

Mit einem Stemmeisen knackte Don Camillo rasch die Vorhängeschlösser an den beiden Kisten.

Fast ängstlich hob er den ersten Deckel hoch, dann mit festerer Hand den zweiten.

Ein dicker Hund! So etwas hatte er wirklich nicht erwartet.

Um vier Uhr früh holte Don Camillo den Buchdrucker Barchini aus dem Bett, hieß ihn schnellstens in die Kleider fahren, drückte ihm ein Blatt Papier in die Hand und befahl ihm, sich unverzüglich an die Arbeit zu machen.

Um sechs Uhr fanden sich drei junge Burschen bei Barchini ein und bekamen eine Rolle Papier ausgehändigt.

Alle otto, quando la nebbia si diradò, la gente trovò affissi a tutte le cantonate dei manifesti che dicevano:

*Ritrovamento*

*Questa mattina sono state trovate due grosse casse contenenti tonnellate di copie invendute del giornale l'«Unità».*

*Evidentemente sono state smarrite da qualcuno che non è riuscito a vendere dette copie e che, per non fare brutta figura di fronte ai superiori, ogni volta che i giornali gli sono stati inviati li ha pagati di tasca sua. Poi, quando ha visto che era arrivato il momento di disfarsi della merce che diventava sempre più ingombrante, ha approfittato della notte nebbiosa per portarseli a casa per vie traverse, sfruttando magari la viottola che svolta a sinistra poco prima della chiavica.*

*Chiunque avesse smarrito, in un momento di distrazione, le dette tre o quattro tonnellate di copie dell'«Unità», può ritirarle presso la Canonica.*

La gente, quel giorno, incominciò a sghignazzare alle otto, e dalle otto e cinque alla mezzanotte, nell'andito della canonica sfilarono tutti i peggiori reazionari della zona con l'intento di sincerarsi della reale consistenza del ritrovamento.

Don Camillo aveva organizzato la manifestazione con molta coscienza. Fatto scomparire il Nembo, aveva tratto dalle casse i pacchi di giornali e li aveva allineati su una corsia distesa sul pavimento, in ordine cronologico, appendendo al muro cartelli che spiegavano come i vari pacchi fossero sempre di maggior mole. Il che significava che giorno per giorno la vendita del giornale diminuiva.

Ciò significava che don Camillo fissava con diagrammi l'esatta consistenza di detta diminuzione e
18 formulava interessanti previsioni per l'avvenire.
19 La mattina dopo, la gente uscì di casa all'alba perché

Um acht Uhr, als der Nebel sich verzog, fanden die Leute an allen Straßenecken Plakate angeklebt, auf denen stand:

*Fundanzeige*

*Heute morgen wurden zwei große Kisten aufgefunden, die einige Tonnen unverkaufte Exemplare der Zeitung «Unità» enthalten.*

*Offensichtlich wurden sie von jemandem verloren, der die besagten Exemplare nicht verkaufen konnte und, um sich vor seinen Vorgesetzten nicht zu blamieren, die ihm zugestellten Zeitungen jedesmal aus eigener Tasche bezahlte.*

*Als er einsehen mußte, daß der Zeitpunkt gekommen war, die Waren abzustoßen, die langsam lästig wurden, nutzte er die neblige Nacht aus, um sie auf Schleichwegen nach Hause zu schaffen, vermutlich über den Feldweg, der kurz vor der Schleuse links abbiegt.*

*Der zerstreute Verlierer der obenerwähnten drei oder vier Tonnen von Exemplaren der «Unità» kann diese im Pfarrhaus abholen.*

Um acht Uhr an diesem Morgen begann ein Hohngelächter, und von fünf nach acht bis Mitternacht defilierten alle die schlimmen Reaktionäre der Umgebung durch den Flur des Pfarrhauses, um sich von der Echtheit des Fundes zu überzeugen.

Don Camillo hatte die Veranstaltung sorgfältig organisiert. Er hatte die «Sturmwolke» verschwinden lassen, die Zeitungspakete aus den Kisten genommen und in chronologischer Ordnung auf dem Fußboden aufgereiht;

außerdem gab er durch kleine Wandanschläge bekannt, wie der Umfang der Bündel ständig zunahm – was bedeutete, daß der Verkauf der Zeitung von Tag zu Tag zurückging.

Auf diese Weise lieferte Don Camillo eine exakte Mißerfolgskurve und notierte eine interessante Hochrechnung für die Zukunft.

Am folgenden Morgen gingen die Leute früh aus, weil sie

era impaziente di conoscere la risposta dell'ignoto. E difatti trovò affissa alle cantonate la replica:

*Avvertenza*

*Chiunque reazionario nazifascista può procurarsi giornali arretrati presso la relativa Amministrazione pagandoli il doppio, e quindi fingere che sono stati trovati.*

*È un sistema ingegnoso e comodo che costa parecchi quattrini. La quale però ce ne sono in abbondanza quando si è servi dei guerrafondai americani!*

Il tipo si difendeva bene e la gente rimase un po' scossa: in fondo l'ignoto non diceva cose incredibili.

Comunque attese fiduciosa gli eventi e, ventiquattro ore dopo, apparve il terzo cartello:

*Ritrovamento*

*Assieme alle casse contenenti le copie invendute dell'«Unità» è stato ritrovato il veicolo sul quale viaggiavano nella notte profonda e misteriosa le stesse casse. Dicono gli esperti in materia che si tratta di furgone a triciclo denominato «Nembo». Il veicolo è visibile in Canonica e chiunque lo avesse smarrito può venirlo a ritirare presentando, come riconoscimento, la tessera del P.C. intestata al nome del signor Giuseppe Bottazzi.*

Il colpo era formidabile e il paese si riversò sul sagrato, il Nembo era lì, davanti alla porta, e tutti potevano vederlo.

La gente non si stancava di rimirarsi lo spettacolo del Nembo e si riprometteva di passare lì almeno un'oretta in piacevoli commenti, ma, ad un tratto, accadde un fatto straordinario.

20 Apparve lo Smilzo pedalando sul Nembo.

21 Si fermò, tolse da un rotolo un manifesto e con

die Reaktion des Unbekannten kaum erwarten konnten. Und in der Tat fanden sie an den Straßenecken die Antwort:

*Bekanntmachung*

*Jeder beliebige nazifaschistische Reaktionär kann sich bei der zuständigen Verwaltung zum doppelten Preis ältere Zeitungsnummern beschaffen, um sie hinterher als Fundsache auszugeben.*

*Es ist dies ein raffiniertes und bequemes System, das allerdings eine Stange Geld kostet. Doch das ist ja bei den Knechten der amerikanischen Kriegshetzer zur Genüge vorhanden!*

Der Typ wußte sich gut zu verteidigen, und die Leute waren ein wenig verunsichert, denn schließlich sagte er da nichts Unglaubwürdiges. Trotzdem warteten sie die Entwicklung voll Zuversicht ab, und vierundzwanzig Stunden später erschien das dritte Plakat:

*Fundanzeige*

*Zusammen mit den Kisten voll unverkaufter Exemplare der «Unità» wurde auch das Fahrzeug aufgefunden, mit dem die genannten Kisten in tiefer, geheimnisvoller Nacht transportiert wurden. Nach Aussage von Fachleuten handelt es sich dabei um einen Dreiradlieferwagen genannt «Sturmwolke». Das Fahrzeug ist im Pfarrhaus zu besichtigen, und der Verlierer kann es gegen Vorweisung des auf den Namen des Herrn Giuseppe Bottazzi ausgestellten Ausweises der K. P. abholen.*

Das war ein Volltreffer; wieder strömte das ganze Dorf zum Kirchplatz, und da stand die «Sturmwolke» vor der Pfarrhaustür, wo jedermann sie sehen konnte.

Die Leute wurden nicht müde, dieses Sturmwolkenereignis zu bestaunen, und versprachen sich zumindest ein Stündchen angenehmen Plauderns. Doch da geschah etwas Unerwartetes.

Der Smilzo kam mit der «Sturmwolke» angeradelt.

Er hielt an, zog ein Plakat aus einer Rolle und klebte es mit

quattro pennellate di colla lo appiccicò al muro della canonica. E la gente sbalordita lesse:

*Avvertenza*

*Il signor Giuseppe Bottazzi non è un signore il cosiddetto Nembo visibile in Canonica non è il Nembo.*

*La quale è tuttora in possesso della Casa del Popolo come qualsiasi cittadino lo può vedere coi suoi occhi e toccare con le sue mani dovunque gli pare. E così è facile giudicare chi sono i denigratori che rispondono putacaso al nome del Molto Reverendo Don Camillo.*

La gente rimase allocchita: confrontò il Nembo di don Camillo col Nembo dello Smilzo: erano identici!

Precisi spiccicati anche perché erano tutt'e due privi della prescritta targhettina di circolazione.

Don Camillo allargò le braccia: – Non so come spiegare questo fatto straordinario: lo accetto così com'è senza discuterlo. La mia buona fede è palese. Vuol dire che, siccome la Casa del Popolo ci ha tenuto a dimostrare che il furgone rinvenuto non è suo, lo terremo noi passandolo all'Asilo che ne ha tanto bisogno.

Don Camillo incontrò Peppone qualche giorno dopo: «Ti interessano i tuoi giornali?» gli domandò «li ho ancora.»

«No» rispose Peppone. «Mi interesserebbe invece sapere perché, quando avete messo fuori il primo manifesto, non avete parlato del Nembo.»

«Quando si entra in polemica bisogna sempre tenersi in serbo la cartuccia più forte.»

«Sarebbe stato meglio se l'aveste sparata subito, se non sbaglio.»

«Sbagli: se io l'avessi sparata subito, tu saresti
22 stato costretto a riprenderti il Nembo. Invece così hai
23 avuto quarantotto ore die tempo per fabbricarne uno

vier Pinselstrichen Leim an die Pfarrhausmauer. Und die verblüfften Zuschauer lasen:

*Bekanntmachung*

*Der Herr Giuseppe Bottazzi ist kein «Herr», und die beim Pfarrhaus zu sehende «Sturmwolke» ist nicht die «Sturmwolke».*

*Diese ist nach wie vor im Besitz des Volkshauses, wie jeder Bürger sich mit eigenen Augen und Händen überzeugen kann. Womit leicht zu beurteilen ist, wer die Verleumder sind, die mutmaßlich auf den Namen Hochwürden Don Camillo hören.*

Fassungslos verglichen die Leute die «Sturmwolke» von Don Camillo mit der «Sturmwolke» des Smilzo: Sie waren identisch!

Sie waren auch insofern genau gleich, als sie beide kein Nummernschild trugen.

Don Camillo breitete die Arme aus: «Ich kann mir diesen außerordentlichen Zufall nicht erklären; also nehme ich ihn unbestritten hin. Meine Gutgläubigkeit ist allgemein bekannt. Nachdem das Volkshaus Wert darauf legt, zu beweisen, daß der gefundene Lieferwagen nicht ihm gehört, behalten wir ihn und übergeben ihn dem Armenhaus, das ihn dringend braucht.»

Don Camillo begegnete Peppone ein paar Tage danach. «Bist du an deinen Zeitungen interessiert?» fragte er ihn. «Ich habe sie noch.»

«Nein», erwiderte Peppone. «Mich interessiert höchstens, warum Ihr auf dem ersten Plakat die ‹Sturmwolke› nicht erwähnt habt.»

«Wenn man eine Polemik anfängt, muß man das stärkste Geschoß möglichst lang zurückbehalten.»

«Wenn ich nicht irre, hättet Ihr es besser gleich abgeschossen.»

«Du irrst: Wenn ich es gleich abgeschossen hätte, wärst du gezwungen gewesen, den Lieferwagen zurückzuholen. So aber hattest du achtundvierzig Stunden Zeit, einen gleichen zu

uguale e l'Asilo ha avuto il furgone che gli faceva bisogno. Sei sempre in gamba come fabbro!»

Peppone sghignazzò: «Questa storia la potete raccontare al prete!»

«Infatti gliel'ho raccontata e lui mi ha risposto: ‹Pensa, don Camillo, che figuraccia avrebbe fatto il povero Peppone se tu, prima di esporre il vero Nembo al pubblico, non avessi tolto la targhetta di circolazione con la matricola!›.»

Don Camillo si frugò in tasca e consegnò a Peppone una targhettina metallica.

«È roba tua: il mio Nembo l'ho targato io sotto il mio nome.»

Peppone strinse i denti: «Dopo la mascalzonata che mi avete fatto e il danno che mi avete dato io vi dovrei anche ringraziare!»

«Non occorre, Peppone. Io mi accontento del Nembo.»

bauen, und das Armenhaus hat jetzt den Wagen, den es längst braucht. Als Schmied bist du immer noch der Größte!»

Peppone grinste höhnisch: «Die Geschichte könnt Ihr Euerm Oberpfaffen erzählen!»

«Ich hab sie ihm erzählt, und er hat gesagt: ‹Stell dir vor, Don Camillo, wie blöd der arme Peppone dagestanden wäre, wenn du nicht, bevor du die richtige ‹Sturmwolke› öffentlich ausgestellt hast, das Nummernschild abgenommen hättest!›»

Don Camillo grub das kleine Metallschild aus der Tasche und gab es Peppone:

«Das gehört dir. *Meine* ‹Sturmwolke› habe ich unter meinem Namen eintragen lassen.»

«Nach dem Schurkenstreich und dem Schaden, den Ihr mir zugefügt habt, soll ich wohl auch noch Dankeschön sagen!» brachte Peppone zähneknirschend hervor.

«Nicht nötig, Peppone. Ich gebe mich mit der ‹Sturmwolke› zufrieden.»

A don Camillo non piaceva per niente immischiarsi negli affari interni delle famiglie, ma il Grolini tanto insisté e tanto lo scongiurò che, un pomeriggio, preso il coraggio a due mani, marciò deciso sulla drogheria.

Era un'ora morta, la più adatta per far due chiacchiere con la droghiera e, difatti, la Giannona abboccò facilmente all'amo e prese a parlare allegramente del più e del meno con don Camillo.

«E Alfredo si comporta sempre bene?» domandò a un bel momento don Camillo.

«Reverendo, non ne parliamo!» rispose la Giannona diventando improvvisamente cupa.

Don Camillo trasse di tasca il grande fazzoletto bianco e rosso e si asciugò il sudore della fronte: un modo come un altro per farsi coraggio.

«Se volete che sia sincero,» borbottò don Camillo, «ho l'idea che lo trattiate un po' troppo bruscamente.»

La Giannona tirò su il fiato e gonfiò il petto: e non c'è da stupirsi se don Camillo si sentì intimidito perché bisogna tener presente che, se don Camillo era un omaccio con le mani grandi come badili, la Giannona era un tal pezzaccio di donna che, quasi, gli mangiava la pappa in testa.

«Ho capito!» esclamò con voce aspra la Giannona, «quel farabutto è venuto in canonica a denigrarmi.»

«Non vi ha denigrato,» protestò don Camillo. «È venuto semplicemente a dolersi che voi lo trattiate come lo trattate.»

La Giannona strinse i pugni:

«E come lo tratterei, secondo voi, reverendo?»

Don Camillo si strinse nelle spalle:

*Die Giannona*

Don Camillo war ganz und gar nicht davon angetan, sich in innere Familienangelegenheiten einzumischen, aber sein Pfarrschäflein Grolini bedrängte und beschwor ihn so lange, bis er eines Nachmittags seinen Mut in beide Hände nahm und den Schritt entschlossen zur Drogerie lenkte.

Es war «tote» Geschäftszeit, gerade richtig, um mit der Drogistin in Ruhe plaudern zu können, und die Giannona biß denn auch gleich den Köder an und schwatzte fröhlich drauflos.

«Und Alfredo, benimmt er sich immer gut?» fragte Don Camillo so nebenbei wie möglich.

«Reden wir nicht davon, Hochwürden!» antwortete Giannona, deren Gesicht sich verfinsterte.

Don Camillo zog das große rotweiße Taschentuch heraus und trocknete sich die Stirn – so machte er sich manchmal Mut.

«Wenn ich ehrlich sein soll», brummte er dann, «mir kommt es beinahe so vor, daß Ihr ihn ein wenig zu hart anfaßt.»

Giannona holte tief Luft und blähte die Brust auf, und wen wundert's, daß Don Camillo beinahe Angst bekam? Denn die Sache war die: Zwar hatte Don Camillo eine mächtige Gestalt und Hände wie Schaufeln, doch die Giannona war ein solches Trumm Weib, daß sie ihm beinahe auf den Kopf spucken konnte.

«Ah, so ist das!» keifte sie. «Der Gauner ist ins Pfarrhaus gelaufen, um mich anzuschwärzen!»

«Er hat Euch nicht angeschwärzt», beteuerte Don Camillo. «Er ist nur gekommen, um darüber zu klagen, daß Ihr ihn so behandelt.»

Giannona ballte die Fäuste:

«Und wie meint Ihr, daß ich ihn behandle?»

Don Camillo zuckte mit den Achseln.

«Se è vero quello che vostro marito mi ha detto,» rispose, «mi pare che lo trattiate non troppo bene. Io, naturalmente, non voglio ficcare il naso nei vostri interessi di famiglia . . .»

«Mi pare che ce lo stiate ficcando anche troppo, reverendo!» esclamò la Giannona.

«Faccio semplicemente il mio dovere,» affermò don Camillo che incominciava a sentirsi le orecchie calde. «Se un galantuomo infelice chiede aiuto al parroco, il parroco non può rifiutarsi di intervenire. Tenete presente che vi ho sposati io.»

«Non ci avreste mai sposati!» gridò la Giannona.

«Il matrimonio è una cosa seria e bisogna pensarci parecchio prima di fare il passo. D'altra parte voi avete sposato un bravo uomo e dovete a lui la vostra posizione.»

«Non gli debbo niente!» urlò la Giannona. «Chi tira avanti tutta la baracca sono io! Quando io sono venuta qui dentro, questa era la bottega più scalcinata del paese. Io l'ho tirata su. E, se gli affari vanno bene, il merito è tutto mio.»

«Il merito è di tutt'e due perché anche vostro marito sgobba dalla mattina alla sera. Ad ogni modo, anche se la maggior parte del merito fosse vostra, questo non vi dà il diritto di maltrattare quel poveretto.»

«Poveretto? Avete il coraggio di chiamarlo ‹poveretto›?»

«E come volete che chiami un marito che viene preso a sberle da sua moglie?»

La Giannona alzò le erculee braccia al cielo:

«Questa infamia, dunque, sarebbe arrivato a dirvi?»

«Sì: e sarebbe anche arrivato a mostrarmi le ammaccature prodotte su di lui dalle vostre sberle.»

«Mascalzone bugiardo!» urlò inorridita la Giannona. «Stasera gli rompo la testa!»

28 Don Camillo cercò di calmare la Giannona scatena-
29 ta. Ma la donna lo interruppe con violenza:

«Wenn es wahr ist, was mir Euer Mann gesagt hat», sagte er, «so behandelt Ihr ihn offenbar nicht gerade gut. Natürlich will ich meine Nase nicht in Eure Privatangelegenheiten stecken ...»

«Mir scheint, Ihr steckt sie nur zu sehr hinein, Hochwürden!» gab Giannona zurück.

«Ich tue nur meine Pflicht», stellte Don Camillo fest; er spürte, wie ihm die Ohren heiß wurden. «Wenn ein anständiger unglücklicher Mann den Pfarrer um Hilfe angeht, kann der Pfarrer sich nicht weigern, einzugreifen. Denkt daran, daß ich Euch getraut habe.»

«Hättet Ihr es nur nie getan!» schrie Giannona ihn an.

«Die Ehe ist etwas Ernstes, und man sollte es sich recht überlegen, bevor man diesen Schritt unternimmt. Außerdem habt Ihr einen braven Mann geheiratet, und ihm verdankt Ihr auch Euren Wohlstand.»

«Gar nichts verdanke ich ihm! Ich bin es, die den ganzen Karren zieht! Als ich hier hereinkam, war das der verlottertste Laden des ganzen Ortes. Ich habe ihn in die Höhe gebracht, und wenn die Geschäfte heute gut gehen, ist das allein mein Verdienst.»

«Es ist Euer beider Verdienst, denn auch Euer Mann schuftet von früh bis spät. Aber das spielt gar keine Rolle. Selbst wenn Ihr den größeren Anteil am Verdienst hättet, so gäbe Euch das nicht das Recht, den Ärmsten zu mißhandeln.»

«Den Ärmsten? Ihr habt den Mut, ihn einen ‹Ärmsten› zu nennen?»

«Wie soll ich einen Ehemann sonst nennen, der von seiner Frau geohrfeigt wird?»

Giannona hob ihre Herkulesarme zum Himmel:

«Er hat also die Gemeinheit so weit getrieben, Euch das zu sagen?»

«Ja – und er hat es auch so weit getrieben, mir die blauen Flecken von Euren Schlägen zu zeigen.»

«So ein Lügner, so ein elender!» brüllte Giannona. «Dem schlage ich heute noch den Schädel ein!»

Don Camillo versuchte die Entfesselte zu beschwichtigen, aber sie fiel ihm ins Wort:

«Reverendo, interessatevi degli affari vostri. Intendo che i miei affari di famiglia non diventino di dominio pubblico!»

«Appunto per questo sono venuto,» spiegò don Camillo. «Le cose sono giunte a un punto tale che vostro marito, un giorno o l'altro, farà qualche grossa sciocchezza. E allora vedrete che scandalo verrà fuori. E non sarà soltanto il parroco a impicciarsi dei vostri affari privati ma tutta l'Italia settentrionale e parte della centrale. Avevo l'obbligo di dirvelo e ve l'ho detto. Uomo avvisato mezzo salvato.»

Dicendo «uomo avvisato» don Camillo intendeva alludere alla Giannona. Anche perché il Grolini Alfredo era non un uomo ma un ometto da quattro soldi, e doveva considerarsi non mezzo salvato ma completamente perduto.

Uscito don Camillo, la Giannona si scatenò per la casa alla ricerca del marito. E, siccome non lo trovò, il suo furore aumentò.

Alle undici di sera la Giannona era ancora in piedi, sveglia come non mai. Vana attesa perché Alfredo a tutto pensava fuorché a rincasare.

Don Camillo gli aveva riferito per filo e per segno come si era svolta la scena in drogheria e Alfredo, alla fine, aveva scosso il capo:

«Ho capito. È meglio che io rimanga lontano da casa.»

Don Camillo voleva dirgli di non fare stupidaggini, di non complicare la faccenda. Ma poi aveva guardato quell'omarino piccolo, magro e striminzito, aveva pensato alla Giannona immensa, smisurata, furibonda, e si era limitato a rispondere:

«Fate vobis.»

Alfredo dormì sull'ottomana nel tinello della canonica. O meglio: cercò di dormire senza peraltro riuscirvi.

E passò la notte torturandosi il cervello nella ricerca

«Hochwürden, kümmert Euch um Eure eigenen Angelegenheiten. Ich will nicht, daß meine Familienverhältnisse in der Öffentlichkeit herumgezerrt werden!»

«Gerade deswegen bin ich gekommen», erklärte Don Camillo. «Die Sache hat einen Punkt erreicht, an dem Euer Mann von einem Tag auf den andern etwas Fürchterliches anstellen kann. Dann werdet Ihr sehen, was für ein Skandal dabei herauskommt. Und dann wird es nicht mehr nur der Pfarrer sein, der sich in Euer Privatleben einmischt, sondern ganz Ober- und halb Mittelitalien. Es ist meine Pflicht, Euch das zu sagen, und jetzt habe ich es gesagt. Früh gewarnt ist halb gerettet.»

Mit dem «gerettet» meinte Don Camillo die Giannona. Alfredo nämlich war ein kleines, mickriges Männchen, das man nicht als «halb gerettet», sondern nur als völlig verloren betrachten konnte.

Kaum war Don Camillo gegangen, tobte Giannona auf der Suche nach ihrem Gatten durch das Haus. Daß sie ihn nicht fand, steigerte ihre Wut noch.

Um elf Uhr nachts war sie noch auf, so wach wie nie zuvor. Doch sie wartete umsonst, denn Alfredo hatte alles andere im Sinn als heimzukehren.

Don Camillo hatte ihm die Szene in der Drogerie Wort für Wort berichtet, und am Ende hatte Alfredo kopfschüttelnd gemeint:

«Ich verstehe. Es ist wohl besser, wenn ich mich von zu Hause fernhalte.»

Don Camillo wollte ihn ermahnen, keine Dummheiten zu begehen und die Sache nicht noch mehr zu komplizieren. Dann aber betrachtete er den kleinen, mageren Kümmerling, dachte an die gewaltige, überlebensgroße, wutentbrannte Giannona und beschränkte sich darauf, zu sagen:

«Wie du meinst.»

Alfredo schlief auf dem Diwan im Wohnzimmer des Pfarrhauses. Besser gesagt: Er versuchte zu schlafen, aber es gelang ihm nicht.

Die ganze Nacht hindurch zermarterte er sich das Gehirn

disperata di una soluzione. Perché per una notte egli poteva rimaner fuori di casa; poteva anche rimaner fuori due notti. Ma poi avrebbe dovuto per forza tornare. E, rientrando in casa, avrebbe trovato ad aspettarlo la Giannona. Una Giannona più Giannona del solito. Una Giannona pazza di rabbia.

Alla prima luce dell'alba, Alfredo saltò giù dall'ottomana e uscì dalla canonica. Uscì dalla parte dei campi e zampettò in mezzo all'erba fradicia di rugiada. Oramai la decisione l'aveva presa. Era una decisione sciagurata ma non c'era che quella.

E così Peppone, che stava ravvivando il fuoco della fucina, vide ad un tratto apparire sull'uscio dell'officina il Grolini. E lo stupore fu tale che Peppone rimase lì come istupidito.

«Cosa vuoi?» domandò aggressivo quando si fu reso conto che non si trattava di un fantasma.

«Devo parlarti.»

Peppone si avvicinò al Grolini.

«Anch'io devo parlarti,» gli disse quando gli fu a due passi. «E devo dirti una cosa soltanto: ‹Porco!›.»

Il Grolini incassò senza battere ciglio.

«Peppino,» implorò, «non mi maltrattare anche tu.

Sentendosi chiamare «Peppino», Peppone diventò furioso:

«Peppino è morto!» urlò. «Peppino era il tuo compagno d'infazia, l'amico che ti ha sempre difeso da quelli che volevano picchiarti. Peppino è morto il giorno in cui tu l'hai tradito, porco maledetto.

«Non ti ho mai tradito,» replicò umile l'ometto che così, tutto spiegazzato, pareva ancora più misero e malinconico.

Peppone lo afferrò per il bavero:

«Camerata, abbiamo buona memoria!»

Il Grolini si lasciò scuotere senza neppure accennare a resistere.

32 «Peppino, sii giusto: cosa ti ho fatto di male?»

33 «Piantala di chiamarmi Peppino o ti sbatto contro il

nach einem Ausweg. Denn natürlich konnte er eine Nacht von zu Hause fortbleiben; er konnte auch zwei Nächte fortbleiben. Aber dann mußte er wohl oder übel wieder einmal heimgehen. Und dort erwartete ihn Giannona. Eine Giannona, die noch mehr Giannona war als sonst. Eine Giannona, die vor Wut platzte.

Beim ersten Morgengrauen sprang Alfredo vom Diwan und verließ das Pfarrhaus. Er verließ es durch die Hintertür, zu den Feldern hin, und bahnte sich seinen Weg durch das taunasse Gras. Sein Entschluß war gefaßt. Es war ein tollkühner Entschluß, aber der einzig mögliche.

Und so sah Peppone, der in der Schmiede gerade das Feuer wieder in Gang brachte, mit einemmal in der Tür seiner Werkstatt Grolini auftauchen. Das war so eine Überraschung, daß ihm die Sprache wegblieb.

«Was willst du?» fragte er angriffslustig, als er sicher war, daß kein Gespenst vor ihm stand.

«Ich muß mit dir reden.»

Peppone trat auf Grolini zu.

«Auch ich muß mit dir reden», sagte er, als er dicht vor ihm stand. «Und zwar nur ein Wort: ‹Dreckskerl!›»

Grolini steckte es ohne Wimpernzucken ein.

«Peppino», flehte er, «mißhandle du mich nicht auch noch!»

Als Peppone sich als «Peppino» angesprochen hörte, wurde er wütend.

«Peppino ist tot!» schrie er. «Peppino war dein Freund in der Kindheit, der Freund, der dich immer vor denen beschützt hat, die dich verhauen wollten. Peppino ist an dem Tag gestorben, als du ihn verraten hast, du vermaledeiter Dreckskerl.»

«Ich habe dich nie verraten», erwiderte demütig der kleine Mann, der in diesem zerknitterten Aufzug noch mickriger und melancholischer aussah als sonst.

Peppone packte ihn am Jackenaufschlag:

«Kamerad, wir haben ein gutes Gedächtnis!»

Grolini ließ sich durchschütteln, ohne auch nur eine Andeutung von Widerstand zu leisten.

«Peppino, sei doch gerecht: Was habe ich dir denn getan?»

«Hör auf, mich Peppino zu nennen, oder ich knalle dich an

muro! Dal giorno in cui ti è venuta la mania dell'orbace, degli stivaloni e del berretto col piccione non mi hai più chiamato ‹Peppino›. Ti ricordi? Da allora, quando dovevi parlarmi mi dicevi: ‹Voi, signor Bottazzi . . .›. E, quando potevi, fingevi di non vedermi per non salutarmi. Allora io non ero più ‹Peppino›: ero un ‹sovversivo›!»

L'omarino si abbandonò su una cassa:

«Peppino, ricordati che non ti ho mai fatto del male. E lo sai che, quando tu ne avevi bisogno, ho cercato di aiutarti.»

«Abbiamo già pagato questo debito, camerata Grolini Alfredo. Tanto è vero che nel '45, quando è venuto il nostro turno, il compagno Giuseppe Bottazzi ha dato ordine di non torcervi un capello. Ma il tradimento resta. Perché ti sei messo nella schiera dei miei avversari? Che bisogno avevi di iscriverti al Fascio? Cosa volevo io da te? Che tu diventassi ‹sovversivo› come me? No, porco maledetto. Volevo soltanto che tu non t'impicciassi di politica, volevo soltanto che tu rimanessi fuori dal pasticcio. Volevo avere in te almeno una persona che non mi guardasse come un criminale pericoloso!»

L'omarino scosse il capo:

«Peppino, ero disperato: dovevo farlo.»

Peppone lanciò un urlo:

«Dovevi farlo, tu? Un uomo che per vivere non aveva bisogno di nessuno? Un esercente con tanto di bottega che andava già a gonfie vele?»

«Peppino, cerca di capirmi: non ne potevo più, non sapevo più a che santo votarmi. Aveva già incominciato a maltrattarmi . . . Aveva già incominciato a prendermi a schiaffi.»

Peppone lo guardò sbalordito.

«Ti prendeva a schiaffi? E chi?»

«La Giannina . . .»

34 Sentendo chiamare «Giannina» la Giannona, Pep-
35 pone fu assalito da un convulso di riso.

die Wand! Von dem Tag an, als du im schwarzen Hemd herumliefst, in Stiefeln und der Mütze mit dem Vogel drauf, hast du mich nicht mehr Peppino genannt. Weißt du noch? Von da an sagtest du ‹Herr Bottazzi› zu mir, wenn du unbedingt mit mir sprechen mußtest. Und wenn du konntest, hast du an mir vorbeigesehen, um nicht grüßen zu müssen. Da war ich nicht mehr ‹Peppino›, da war ich ein ‹Staatsfeind›!»

Der kleine Grolini ließ sich auf eine Kiste sinken.

«Peppino, erinnere dich, daß ich dir nie etwas getan habe. Und du weißt auch, daß ich versucht habe, dir zu helfen, als du es nötig hattest.»

«Diese Rechnung ist bereits beglichen, Kamerad Grolini Alfredo. Im Jahr fünfundvierzig, als wir an die Reihe kamen, da hat Genosse Bottazzi nämlich Order gegeben, dir kein Haar zu krümmen.

Aber Verrat bleibt Verrat. Warum bist du zu meinen Feinden gegangen? Was brauchtest du den Faschisten beizutreten? Was wollte ich denn von dir? Daß du ein ‹Staatsfeind› würdest wie ich? Nein, du Miststück! Ich wollte nur, daß du dich aus der Politik heraushältst, daß du mit der Schweinerei nichts zu tun hast. Ich wollte wenigstens einen Menschen haben, der mich nicht als einen gefährlichen Verbrecher ansieht!»

Der kleine Mann schüttelte den Kopf:

«Peppino, ich war verzweifelt; ich *mußte* es tun.»

«Du mußtest?» brüllte Peppone los. «Du? Ein Mann, der niemanden nötig hatte, um leben zu können? Ein Gewerbetreibender mit einem Geschäft, das damals schon lief wie geschmiert?»

«Peppino, versuch doch, mich zu verstehen: Ich konnte nicht mehr, ich wußte nicht mehr aus noch ein. Sie hatte schon angefangen, mich schlecht zu behandeln ... Sie hatte schon angefangen, mich zu ohrfeigen.»

Verblüfft starrte ihn Peppone an.

«Ohrfeigen? Wer denn?»

«Die Giannina ...»

Als Peppone die Giannona «Giannina» nennen hörte, erfaßte ihn ein Lachkrampf.

«E cosa c'entra la Giannina?» domandò quando poté riaver fiato. «Cosa c'entra lei col Fascio?»

«C'entra perché, quando mi ha visto in divisa d'orbace, con gli stivaloni e l'aquila sul berretto, non ha più avuto il coraggio di maltrattarmi. Le facevo soggezione. Anche quando ero in borghese. Bastava che vedesse il distintivo. Se incominciava a gridare, io dicevo ‹Adesso devo andare al Fascio perché c'è una riunione di zona›, e subito smetteva. Ha sempre avuto paura della politica.»

Peppone era rimasto a bocca aperta.

«Peppino, lo giuro. Lo giuro che l'ho fatto per questo. Soltanto per questo. E quando il fascismo è finito, lei ha ricominciato a maltrattarmi. Se ne approfitta perché ha una forza da elefante e perché io sono un povero disgraziato che non sta neanche in piedi. Mi picchia. Mi dà degli schiaffi, delle bastonate.»

Che la Giannona trattasse suo marito come un pedalino, Peppone lo sapeva perfettamente. Non credeva però che la Giannona fosse arrivata al punto di picchiarlo.

«E tu, cretino, non reagisci?» urlò Peppone. «Non sei capace di dimostrarle che il padrone di casa sei tu?»

L'ometto fece segno di no con la testa.

«Ieri ho convinto il parroco a parlarle,» sospirò. «Le ha fatto una predica seria.»

«E allora?»

«Allora non sono andato a casa a dormire perché, se tornavo, mi avrebbe spaccato la testa. E adesso sono qui. Se non mi aiuti tu, mi butto nel fiume.»

Peppone si agitò:

«Figurati! Se non è riuscito a convincerla don Camillo, che è il suo parroco, come posso convincerla io che sono per lei il ‹pericolo comunista› e l'anticristo? Se vuoi che le vada a dare una carica di legnate, volentieri. Ma di più non posso fare.»

«Puoi,» disse Alfredo. «Se vuoi puoi.»

«Aber was hat die Giannina damit zu tun?» keuchte er, als er wieder Luft bekam. «Was hat die mit dem Faschismus zu tun?»

«Eine ganze Menge. Als sie mich nämlich als Schwarzhemd sah, mit Stiefeln, und mit dem Adler an der Mütze, da wagte sie es nicht mehr, mich zu mißhandeln. Sie hatte Respekt, sogar wenn ich in Zivil war. Es genügte, daß sie das Abzeichen sah. Sobald sie anfing herumzuschreien, sagte ich: ‹Ich muß jetzt zu den Schwarzhemden. Wir haben eine Bezirksversammlung.› Dann war sie sofort still. Sie hat schon immer eine Heidenangst vor der Politik gehabt.»

Peppone hörte mit offenem Mund zu.

«Peppino, ich schwör's dir. Ich schwöre, daß ich es nur deswegen getan habe. Und als es mit dem Faschismus aus war, hat sie wieder angefangen, mich zu verhauen. Sie nutzt es aus, daß sie stark ist wie ein Elefant und ich armer Unglückswurm mich ihr gegenüber nicht einmal auf den Füßen halten kann. Sie schlägt mich. Sie gibt mir Ohrfeigen und sogar Hiebe mit dem Knüppel.»

Daß die Giannona ihren Mann wie einen Handlanger behandelte, wußte Peppone. Daß sie aber soweit ging, ihn zu verprügeln, das hätte er nicht gedacht.

«Und du Trottel läßt dir das gefallen?» schimpfte er. «Ja, bist du denn nicht imstande, ihr zu zeigen, daß du der Herr im Haus bist?»

Der Kleine schüttelte den Kopf.

«Gestern habe ich den Pfarrer überredet, zu ihr zu gehen», seufzte er. «Er hat ihr eine Standpauke gehalten.»

«Und dann?»

«Und dann bin ich über Nacht nicht nach Hause gegangen, weil sie mir sonst den Schädel eingeschlagen hätte. Und jetzt bin ich hier. Wenn du mir nicht hilfst, springe ich in den Fluß.»

Peppone wurde es unbehaglich zumute.

«Aber hör doch! Wenn es Don Camillo nicht geschafft hat, der doch ihr Pfarrer ist, was sollte denn ich erreichen? Ich bin doch für sie der ‹gefährliche Kommunist›, der Antichrist! Wenn du willst, daß ich ihr eine Tracht Prügel verabreiche, gern. Aber mehr kann ich nicht tun.»

«Doch», sagte Alfredo. «Wenn du willst, kannst du.»

Peppone guardò pieno di compassione il poveraccio.

«Di' pure.»

«Fammi iscrivere al partito comunista.»

«Tu? Tu che fino all'ultimo hai fatto il bullo vestito in orbace?»

Alfredo allargò le braccia desolato:

«Peppino, allora non è vero che il tuo partito difende gli oppressi...»

Alle nove del mattino la Giannona stava in negozio, pallida di furore, aspettando il ritorno del marito, quando entrò lo Smilzo.

«Buongiorno,» disse brusco lo Smilzo. «Devo parlare d'urgenza col compagno Grolini.»

La Giannona lo guardò perplessa.

«Quale compagno Grolini?» balbettò.

Lo Smilzo si mise a ridere:

«Signora, non scherziamo! Vostro marito si chiama o non si chiama Grolini Alfredo fu Amilcare, droghiere?»

«Sì.»

«E allora fate il piacere di chiamarlo. Bisogna che venga d'urgenza alla sede perché c'è il segretario federale che vuol parlargli personalmente.»

«Adesso non c'è,» rispose la Giannona intimidita.

«Va bene: appena rientra dategli questa lettera.»

Lo Smilzo porse alla Giannona una busta e uscì.

*«Al compagno Grolini Alfredo – Urgentissima – Riservatissima»:* la Giannona lesse e rilesse l'indirizzo. E non sapeva staccare gli occhi dalla busta che recava tanto di falce martello e stella e l'intestazione Partito Comunista Italiano. Squillò il campanello dell'uscio della bottega e la Giannona levò lo sguardo.

Era Alfredo: così spazzolato e lucido e con quattro bicchierini di grappa nel serbatoio, pareva un uomo normale. Inoltre aveva all'occhiello della giacca la scintillante patacca rossa con la falce e il martello.

Peppone sah den armen Geschundenen voller Mitgefühl an.

«Was heißt das?»

«Nimm mich in die kommunistische Partei auf.»

«Dich? Nachdem du bis zuletzt als Schwarzhemd den großen Bolzen gespielt hast?»

Entmutigt breitete Alfredo die Arme aus:

«Dann ist es also nicht wahr, Peppino, daß deine Partei die Unterdrückten verteidigt...»

Um neun Uhr stand Giannona in der Drogerie und wartete blaß vor Wut auf die Rückkehr ihres Mannes, als der Smilzo eintrat.

«Guten Morgen», sagte er knapp. «Ich muß dringend den Genossen Grolini sprechen.»

Verwirrt starrte ihn die Frau an:

«Was für einen Genossen Grolini?» stammelte sie.

Der Smilzo lachte.

«Keine Scherze, Gnädigste! Grolini Alfredo, Sohn des Amilcare, Drogist – ist das Ihr Mann oder nicht?»

«Ja.»

«Dann rufen Sie ihn gefälligst. Er muß dringend ins Büro kommen, weil der Landesparteisekretär hier ist und persönlich mit ihm reden will.»

«Im Augenblick ist er nicht hier», antwortete Giannona eingeschüchtert.

«Gut. Dann geben Sie ihm diesen Brief, sobald er kommt.»

Der Smilzo überreichte ihr einen Umschlag und verschwand.

«An den Genossen Grolini Alfredo – Dringlichst! Streng vertraulich!» las Giannona und las es noch einmal und konnte die Augen nicht von dem Umschlag mit Hammer und Sichel und dem Aufdruck «Kommunistische Partei Italiens» lösen. Da klingelte die Ladentür, und Giannona blickte auf.

Es war Alfredo. So geschniegelt und gebügelt und mit vier Gläschen Grappa im Tank wirkte er wie ein normaler Mann. Im übrigen blitzte an seinem Jackenaufschlag das rote Abzeichen mit dem Hammer und der Sichel.

«Novità?» domandò Alfredo.
La Giannona gli porse la lettera.
«L'hanno portata adesso,» balbettò. «Il segretario federale ti cerca...»
«Bene. Tornerò appena libero.»
«Alfredo,» balbettò la Giannona, «se ti vedono col distintivo perderemo un sacco di clienti...»
«Noi ci preoccupiamo della giustizia sociale, non della clientela!» rispose categorico Alfredo.
Poi uscì fiero, solenne, fatale. E pareva il prologo della rivoluzione d'ottobre.

Appena ebbe un momento libero, la Giannona corse in canonica.
«Don Camillo,» implorò, «aiutatemi. Alfredo ha fatto una pazzia. Si è iscritto al partito comunista.»
«E una cosa terribile!» rispose don Camillo.
Ed era davvero una cosa terribile perché don Camillo aveva una voglia matta di mettersi a sghignazzare.
«Cosa sarà di me?» gemette la Giannona.
«E chi lo sa?» sospirò don Camillo. «Chi sa cosa può succedervi povera signora, adesso che avete il demonio in casa?»
La Giannona ritornò sgomenta alla base: appena la sentì entrare, Alfredo, che stava pisolando sul seggiolone imbottito in saletta, si tirò su e spalancò l'*Unità*.
E così, quando si affacciò alla porta della saletta, la Giannona rimase come colpita dalla folgore e rapidamente innestò la marcia indietro.

«Etwas Neues?» fragte Alfredo.

Giannona hielt ihm den Brief hin.

«Der ist eben abgegeben worden», stotterte sie. «Der Landesparteisekretär sucht dich . . .»

«In Ordnung. Ich komme zurück, sobald ich frei bin.»

«Alfredo», stotterte Giannona, «wenn man dich mit dem Parteiabzeichen sieht, verlieren wir einen Haufen Kunden . . .»

«Wir befassen uns mit der sozialen Gerechtigkeit, nicht mit der Kundschaft!» wies Alfredo sie kategorisch zurecht.

Dann ging er stolz, feierlich, schicksalsträchtig hinaus. Es war fast wie das Vorspiel zur Oktoberrevolution.

Sobald sie sich für kurze Zeit losreißen konnte, lief die Giannona ins Pfarrhaus.

«Don Camillo, helft mir!» flehte sie. «Alfredo hat etwas Wahnsinniges angestellt! Er ist Kommunist geworden.»

«Das ist ja schrecklich!» meinte Don Camillo.

Es war in der Tat schrecklich, denn Don Camillo hatte die größte Mühe, nicht loszuprusten.

«Was wird bloß aus mir?» jammerte Giannona.

«Wer weiß?» seufzte Don Camillo. «Wer weiß, was Euch armer Frau geschehen kann, jetzt, da Ihr den Teufel im Hause habt?»

Verängstigt kehrte Giannona nach Hause zurück; sobald Alfredo sie hörte, der im Polstersessel der guten Stube ein friedliches Schläfchen hielt, richtete er sich auf und hielt sich das aufgeschlagene Parteiblatt «Unità» vor das Gesicht.

Darum blieb die rabiate Giannona, als sie unter die Tür trat, wie vom Blitz getroffen stehen und schaltete dann schleunigst den Rückwärtsgang ein.

Il Tavoni da anni e annorum voleva costruirsi una casa: ma, naturalmente, la voleva in centro e, in centro, di spazio libero esisteva oramai soltanto quello della piazza.

Però aspettava pazientemente, pieno di fiducia, e l'attesa non fu vana.

Esisteva, in centro, una decrepita chiesa sconsacrata da almeno cinquant'anni. Un brutto baraccone di mattoni fradici che poteva servire, al massimo, come quartier generale dei topi del paese. Una scarafaggiaia dal tetto sfondato, nella quale nessuno aveva il coraggio die entrare per paura che i muri gli crollassero in testa. Mano a mano che il tempo passava, la chiesa sconsacrata diventava sempre di più un pericolo pubblico, e l'ultimo colpo gliel'aveva assestato la piena indebolendo le già troppo deboli fondamenta.

Bisognava ad ogni costo demolirla: ma anche per tirar giù una casa occorrono quattrini: tanto più quando la costruzione sorga nel cuore dell'abitato e dia su una strada stretta.

Allora ci fu chi pensò al Tavoni e gli fece la proposta: demolisse la baracca a sue spese e gli avrebbero ceduta l'area a un prezzo conveniente.

Il Tavoni non ci pensò un sol minuto: firmò subito il contratto e incominciò i lavori di demolizione.

Per cinquant'anni tutti, in paese, avevano visto la pericolante chiesa che era stata sconsacrata e abbandonata appunto perché costituiva un pericolo per i fedeli né poteva essere riparata a causa del cedimento delle fondamenta: eppure soltanto quando il Tavoni ebbe
 incominciato i lavori la gente si accorse dell'*affare* e,
 dopo aver tentato invano di fregare l'*affare* al Tavoni

# *Nacht im «Kreml»*

Die Tavonis wollten sich schon seit vielen Jahren ein Haus bauen; aber natürlich wollten sie das im Ortszentrum tun, und dort gab es an unbebauter Fläche längst nur noch den Hauptplatz.

So wartete Tavoni geduldig und zuversichtlich, und das Warten sollte sich denn auch lohnen.

Im Ortszentrum stand eine verfallene, vor mehr als fünfzig Jahren entweihte Kirche. Ein häßliches Ding aus feuchten Ziegelsteinen, das höchstens noch als Hauptquartier der Dorfmäuse taugte. Eine Ungezieferburg, die keiner zu betreten wagte, weil ihm jeden Augenblick die Wände über dem Kopf zusammenstürzen konnten. Im Lauf der Zeit wurde die ehemalige Kirche immer mehr zu einer öffentlichen Gefahr; den letzten Schlag hatte ihr das Hochwasser versetzt, das die ohnehin schon zu schwachen Grundmauern vollends ins Wanken brachte.

Man mußte sie unbedingt abbrechen; doch auch das Niederreißen eines Hauses kostet Geld, besonders wenn es im eigentlichen Dorfkern und an einer schmalen Straße steht.

Da kam jemandem Tavoni in den Sinn, und man machte ihm einen Vorschlag: Wenn er das alte Gemäuer auf seine Kosten niederreißen lasse, bekomme er das Grundstück zu einem Vorzugspreis.

Tavoni brauchte keine zwei Minuten Bedenkzeit; er unterschrieb sogleich den Vertrag und begann mit dem Abbruch.

Seit fünfzig Jahren hatten alle die baufällige Kirche täglich gesehen, die eben deswegen entweiht und aufgegeben worden war, weil sie eine Gefahr für die Gläubigen darstellte und angesichts der verrutschten Fundamente auch nicht in Ordnung gebracht werden konnte. Aber nun, da Tavoni mit den Arbeiten begonnen hatte, witterten die Leute das «Geschäft», und nachdem sie vergeblich versucht hatten, mit unsinnigen

facendo offerte pazze, disse che il Tavoni era un cretino.

«Soltanto uno stupido,» affermò la gente, «può costruire una casa sulle fondamenta di una chiesa.»

Il Tavoni continuò tranquillo i suoi lavori di demolizione e, quando le macerie furono tutte portate via, parecchi, vedendo quel magnifico spiazzo libero, si sentirono divorare il fegato.

Il colpo fu duro e la salvò la faccia asserendo che, nonostante tutto, l'idea di tirar su una casa sulle fondamenta d'una chiesa rimaneva sempre degna di un cervello svirgolato. Ma la storia durò poco perché il Tavoni, tirata giù la baracca, incominciò a far cavare le fondamenta. Voleva una casa nuova da cima a fondo.

Per qualche giorno la gente masticò rabbia in silenzio, ma, finalmente, si sparse in paese la buona notizia:

«Morti! Sotto il pavimento della chiesa c'erano delle grandi tombe piene di ossa e di teschi.»

Ossa e teschi a vagoni, diceva la gente. In realtà si trattava di qualche sacco d'ossa, triste e magra mercanzia che venne subito portata al cimitero, ma per la gente era come se di ossa ne fossero state trovate a decine di tonnellate. E ci fu qualcuno tanto perfido da far apparire sul giornale provinciale la notizia del ritrovamento di una «antica necropoli». Notizia che terminava: «A quanto si dice in paese, il Tavoni avrebbe interrotto i lavori per far sorgere al posto della progettata casa, un cippo marmoreo a ricordo del macabro rinvenimento».

Il Tavoni sputò arsenico ma non diede nessuna soddisfazione alla gente; fece anzi intensificare i lavori e continuò lo scavo fino a quando non trovò la terra purissima.

Allora tirò su le fondamenta in calcestruzzo e riempì quell'enorme vascone con ciottoli e ghiaione portato dal fiume. Arrivato a fil di terra, sigillò il tutto con una gettata di betone alta due spanne.

Angeboten Tavoni das «Geschäft» wegzuschnappen, sagten sie, Tavoni sei ein Trottel.

«Nur ein Dummkopf», behaupteten sie, «kann auf den Grundmauern einer Kirche ein Wohnhaus aufbauen.»

Tavoni aber setzte gelassen die Abbrucharbeiten fort, und als alle Trümmer weggeräumt waren, bekamen manche beim Anblick der wunderbaren freien Baufläche fast die Gelbsucht.

Es war ein harter Schlag, aber man versuchte das Gesicht zu wahren, indem man daran festhielt, es sei eben eine hirnrissige Idee, ein Haus auf die Fundamente einer ehemaligen Kirche zu stellen. Doch das dauerte nicht lange, denn als der Schutt beseitigt war, ließ Tavoni auch die Grundmauern ausheben. Er wollte ein Haus, das von unten bis oben neu war.

Ein paar Tage lang fraßen die Leute ihre Wut in sich hinein, aber endlich lief die erlösende Neuigkeit durch das Dorf:

«Tote! Unter dem Kirchenboden waren große Gräber voller Gebeine und Totenschädel.»

Wagenladungen von Gebeinen und Schädeln, erzählten die Leute. In Wirklichkeit waren es bloß einige Säcke voll armseliger Knochen, die sogleich zum Friedhof gebracht wurden, aber die Leute taten so, als wären Dutzende von Tonnen Skelette zutage gekommen. Jemand war sogar abgeschmackt genug, in der Provinzzeitung die Nachricht von der Entdeckung einer «antiken Totenstadt» erscheinen zu lassen, gekrönt mit dem Satz: «Wie aus dem genannten Dorf verlautet, soll Herr Tavoni die Bauarbeiten abgebrochen haben, um anstelle des geplanten Hauses einen marmornen Säulenstumpf zum Gedenken an die makabre Ausgrabung errichten zu lassen.»

Tavoni spie Gift und Galle, tat ihnen jedoch nicht den Gefallen, klein beizugeben. Im Gegenteil, er trieb die Arbeiten voran und grub weiter, bis er auf völlig unberührte Erde stieß.

Dann ließ er neue Grundmauern aus Beton errichten, füllte den riesigen Hohlraum mit Kies und Schotter aus dem Fluß und versiegelte ihn auf Bodenhöhe mit einer zwei Spannen dicken Betonschicht.

La gente ghignò:

«Non ha fatto la cantina sotterranea perché ha paura dei morti!»

Ma, evidentemente, il Tavoni non aveva paura né dei morti, né dei vivi, perché la palazzina incominciò a venir su con una rapidità straordinaria. E questo significa che il Tavoni non vedeva l'ora di entrare nella sua nuova casa.

La gente rimase senza argomenti validi e il giorno in cui, finita la palazzina dentro e fuori, e asciugati muri e vernici, il Tavoni fece solennemente il trasloco, la gente guardò al fatto come fosse un sopruso. E poiché il Tavoni, approfittando abilmente della sua vittoria, non trascurava occasione per spiegare pubblicamente che da quando era entrato nella palazzina gli pareva d'essere rinato tanto si trovava bene, la gente incominciò a soffrire atrocemente.

Ma venne ben presto il giorno della riscossa.

Chi fu il primo a lanciare l'allarme? Impossibile poterlo sapere: qualcuno ci fu, ecco tutto. E subito il paese entrò in agitazione.

La gente si divise in due correnti: quelli che ci credevano e quelli che non ci credevano.

«Era logico che succedesse così,» dicevano gli uni. «Non si fa una casa sulle ossa dei morti. I morti bisogna lasciarli in pace.»

«Queste sono stupidaggini, chiacchiere di vecchie,» dicevano gli altri. «Comunque non si deve mai costruire una casa sopra le ossa dei morti.»

E così, chi in un modo e chi nell'altro, chi con aria di paura, chi con aria scanzonata, tutti andarono raccontando in giro che alla palazzina *ci si sentiva.*

Porte chiuse a chiave sbattevano improvvisamente durante la notte, la luce ogni tanto si spegneva, si udivano rumori strani.

Naturalmente gli unici che non sapessero niente
 di tutto questo erano il Tavoni e sua moglie, i
 quali non s'erano mai sognati di notare in casa

Die Neider höhnten:
«Den Keller hat er doch angelegt, weil er sich vor den Toten fürchtet!»
Tavoni aber fürchtete sich offensichtlich weder vor den Toten noch vor den Lebenden, denn das Haus strebte mit ungeheurer Schnelligkeit in die Höhe. Und das bedeutete, daß Tavoni es kaum erwarten konnte, in sein neues Heim zu ziehen.
Inzwischen gingen den Leuten die Giftpfeile aus; als die elegante Wohnstätte innen und außen fertig, Mauern und Farben trocken waren, hielt Tavoni feierlich Einzug, und die Zuschauer hatten die Empfindung, er habe eine Gewalttat begangen.
Da Tavoni seinen Sieg geschickt ausnutzte und keine Gelegenheit ausließ, öffentlich zu erklären, es wohne sich in dem neuen Haus so herrlich, daß er sich wie neugeboren fühle, begannen die Unterlegenen richtig zu leiden.
Doch bald nahte der Tag der Vergeltung.
Wer war der erste, der Alarm schlug? Unmöglich, das herauszufinden: irgend jemand war es einfach gewesen. Und gleich geriet das Dorf in Aufruhr.
Die Leute trennten sich in zwei Lager: solche, die daran glaubten, und solche, die nicht daran glaubten.
«Das mußte ja so kommen», sagten die einen. «Man baut kein Wohnhaus über den Gebeinen von Toten. Die Toten wollen in Ruhe gelassen werden.»
«Das ist dummes Altweibergewäsch», sagten die andern. «Aber man sollte wirklich kein Haus über den Gebeinen von Toten bauen.»
Und so erzählten es alle weiter, die einen in abergläubischer Furcht, die andern mit spöttischer Miene, nämlich: daß es in dem Haus nicht geheuer sei.
Verschlossene Türen sprangen nächtlicherweise unvermittelt auf und schlugen wieder zu, das Licht gehe immer wieder aus, man höre seltsame Geräusche.
Die einzigen, die natürlich von alledem nichts wußten, waren Tavoni und seine Frau. Ihnen wäre es nicht im Traum eingefallen, in ihrem neuen Haus merkwürdige oder besorg-

loro fenomeni curiosi o preoccupanti. Ma ci fu chi si preoccupò di rendere nota la faccenda ai diretti interessati:

«Brutta gente in questo paese,» disse un giorno la droghiera alla moglie del Tavoni. «Gente che sta male quando vede qualcuno che sta bene. Sa cosa le ho risposto, neanche mezz'ora fa, a una certa persona che tirava fuori la storia degli spiriti? ‹Sarebbe meglio se ognuno badasse a quello che succede in casa sua!›.»

«La storia degli spiriti?» domandò incuriosita la moglie del Tavoni. «Che cosa sarebbe? Io non ne so niente.»

«Ma sì, signora! Le solite stupidaggini. Adesso dicono che alla palazzina ci si sente. Porte che sbattono, rumore di catene, luce che si spegne eccetera. Sempre per via di quei quattro ossi di morto che han trovato nel fare le fondazioni. Non ci badi, signora Tavoni, ci rida sopra come faccio io.»

La moglie del Tavoni non ci rise sopra per niente: raccontò subito la storia al marito, e aveva l'aria molto preoccupata:

«Capisci?» concluse, «dicono in giro che in casa nostra ci si sente.»

«E lasciali dire!» ridacchiò il Tavoni. «In casa nostra ci abitiamo noi e sappiamo bene che gli spiriti sono soltanto nel cervello della gente che si mangia il fegato per l'invidia.»

Una sera, durante la cena, la luce si spense improvvisamente e la moglie del Tavoni lanciò un urlo straziante.

Poi la luce tornò, ma, durante la notte, una porta sbatté e alla moglie del Tavoni vennero le convulsioni.

Il giorno seguente la donna corse da don Camillo scongiurandolo di venir a benedire la casa. La gente vide don Camillo andare alla palazzina ed ebbe conferma del fenomeno: alla palazzina c'erano gli spiriti

niserregende Vorkommnisse zu bemerken. Doch es fand sich jemand, der sich die Mühe nahm, die unmittelbar Betroffenen ins Bild zu setzen.

«Schreckliche Leute in diesem Dorf», sagte eines Tages die Drogistin zu Frau Tavoni. «Leute, denen es fast schlecht wird, wenn sie jemanden sehen, dem es gut geht. Wissen Sie, was ich vor weniger als einer halben Stunde einer gewissen Person gesagt habe, die mit der Geschichte von den Gespenstern daherkam? Es wäre besser, es würde jeder darauf achten, was in seinem eigenen Hause vorgeht, habe ich gesagt.»

«Die Geschichte mit den Gespenstern?» fragte Frau Tavoni, neugierig geworden. «Was ist damit? Ich habe gar nichts davon gehört.»

«Ach, wissen Sie, das übliche dumme Geschwätz. Jetzt heißt es, daß es in Ihrem Haus spuke: Türen, die zuschlagen, Kettengerassel, Licht, das ausgeht, und so weiter. Alles bloß wegen der paar Knochen, die man zwischen den Grundmauern gefunden hat. Machen Sie sich nichts daraus, Frau Tavoni, lachen Sie darüber, wie ich.»

Frau Tavoni lachte durchaus nicht darüber. Sie erzählte die Geschichte brühwarm ihrem Mann und sah sehr beunruhigt drein:

«Verstehst du?» schloß sie. «Man sagt im ganzen Dorf, bei uns sei es nicht geheuer.»

«Laß sie doch reden!» lachte Tavoni. «Schließlich sind wir es, die in unserem Haus wohnen, und wir wissen genau, daß die Gespenster nur in den Köpfen der Leute spuken, die der Neid plagt.»

Eines Abends erlosch während des Essens plötzlich das Licht, und Frau Tavoni stieß einen durchdringenden Schrei aus.

Dann ging das Licht wieder an, aber in der Nacht schlug irgendwo eine Tür zu, und da verfiel Frau Tavoni in Krämpfe.

Am folgenden Tag eilte die Dame zu Don Camillo und beschwor ihn, den Neubau zu segnen. Die Leute sahen Don Camillo hingehen und fanden sich bestätigt: Es spukte wirklich bei den Tavonis, genau wie man überall gesagt hatte. Es mußte

proprio come si diceva in giro. Tanto è vero che i Tavoni avevano chiamato il prete per benedire la casa.

La storia degli spiriti della palazzina diventò l'argomento ufficiale di tutte le conversazioni e così Peppone, entrando una sera nel suo ufficio alla Casa dell Popolo, sorprese lo Smilzo a parlar seriamente di spiriti col Bigio.

Allora si indignò:

«Certe storie da vecchie rimbambite qui dentro non le voglio sentire. Che proprio nella Casa del Popolo si debbano trovare i rimasugli del più balordo oscurantismo medievale è una cosa intollerabile!»

«Capo,» borbottò lo Smilzo, «si stava semplicemente dicendo quello che dice la gente.»

«Non se ne parla neanche, di queste stupidaggini!» affermò Peppone. «Anzi, quando si sente qualcuno che ne parla gli si spiega che sono favole cretine. Il primo dovere di ogni compagno è quello di elevare spiritualmente il popolo, di liberargli il cervello dalla nebbia del miracolismo clericale. Fino a quando il popolo lavoratore crederà agli spiriti e ai fantasmi, non si potrà mai parlare di rivoluzione proletaria.»

La bagatella degli spiriti diventò ben presto – come affermò Peppone, – la vergogna del paese. E quando Peppone vide una vecchia che, passando davanti alla palazzina del Tavoni, si segnava, diventò furioso e arrivato di corsa in municipio si chiuse nel suo studio e compose un significativo proclama:

*Cittadini!*

*Per causa di qualche spiritoso che ha messo in giro per scherzo malvagio la chiacchiera, si è diffusa in paese la favola della cosiddetta casa degli spiriti con manifestazioni di oscurantismo medievale degne del secolo scorso. Imprescindendo dal fatto del regresso sociale, il paese diventa oggetto di dileggio da parte dei comuni attigui con grave danno morale e materiale.*

stimmen, sonst hätten sie nicht den Priester geholt, das Haus zu segnen.

Die Geschichte mit den Gespenstern im Hause Tavoni bildete bald den allgemeinen Gesprächsstoff, und als Peppone eines Abends sein Büro im Volkshaus betrat, ertappte er den Smilzo dabei, wie er sich mit Bigio allen Ernstes über Geister unterhielt.

Peppone war entrüstet.

«Solches Geschwätz von kindischen alten Weibern will ich hier drin nicht hören! Daß sich ausgerechnet im Volkshaus Überbleibsel der schlimmsten mittelalterlichen Verdummung breitmachen, ist unerträglich!»

«Chef», brummte der Smilzo eingeschüchtert, «wir haben doch nur gesagt, was die Leute sagen.»

«Über solchen Quatsch redet man überhaupt nicht!» wies ihn Peppone zurecht. «Im Gegenteil, wenn man jemanden so etwas dahersagen hört, erklärt man laut und deutlich, daß das einfältige Ammenmärchen sind. Die erste Pflicht jedes Genossen ist es, das Volk geistig zu heben, ihm die Köpfe vom Nebel des klerikalen Wunderglaubens zu befreien. Solange das werktätige Volk noch an Geister und Gespenster glaubt, kann von proletarischer Revolution ja gar nicht die Rede sein!»

Die Bagatelle mit dem Spuk wuchs sich – in den Augen Peppones – in kurzer Zeit zur Schande des Dorfes aus. Als er eine alte Frau sah, die sich bekreuzigte, während sie an Tavonis Haus vorbeieilte, war das Maß voll. Wütend lief er ins Gemeindehaus, schloß sich in seinem Bürgermeisterbüro ein und verfaßte einen unmißverständlichen Aufruf:

*Bürger!*

*Wegen irgendeines Witzboldes, der aus bösartigem Spaß ein Gerücht in die Welt gesetzt hat, wurde im Dorf das Märchen vom sogenannten Gespensterhaus verbreitet, mit allen Zeichen der Volksverdummung, wie sie des letzten Jahrhunderts würdig sind. Abgesehen vom sozialen Rückschritt macht sich damit das Dorf zum Gespött der umliegenden Gemeinden, was schweren moralischen und materiellen Schaden nach sich zieht.*

*Si fa quindi appello alla cittadinanza perché facci opera di persuasione nelle classi più ignoranti onde cessi l'udibrio del paese la quale, poco che continua questa reprimevole storia, diventa una barzelletta come Piolo, dove per spostare il campanile mettevano la paglia sotto i piedi spingendo, così pareva che il suddetto andasse, mentre essi erano fermi scivolando in senso contrario.*

*Si prega di individuare i responsabili, affinché mettere fine allo sconcio.*

*Il Sindaco*
*Giuseppe Bottazzi*

Lo Smilzo sistemò la punteggiatura quindi il proclama fu dato alle stampe e venne affisso alle cantonate. Disgraziatamente, due ore dopo l'affissione del proclama, il Tavoni e la moglie abbandonavano, armi e bagagli, la palazzina e ritornavano nella vecchia casa.

Questo fatto incideva sull'opinione pubblica in modo tale da rendere completamente nullo il vibrato messaggio di Peppone e da convogliare alla volta del paese, da tutti i comuni della zona, vaste comitive di amanti del soprannaturale.

Il Tavoni inchiodò sulla porta della palazzina un cartello: «Casa da affittare». Poi, visto che nessuno si faceva vivo, cambiò cartello: «Casa da vendere».

Gente con quattrini ce n'era parecchia in paese e l'affare si presentava come eccellente: ma nessuno se la sentì di fare il colpo.

Allora Peppone, una domenica mattina, entrò nel caffè dove dopo la Messa si davano convegno gli agrari e disse con sarcasmo:

«E pensare che quando il Tavoni ha firmato il contratto tutti volevano partargli via l'affare. Adesso che il Tavoni vende la palazzina per una cantata
52 nessuno si fa avanti. La fifa è più forte dell'egoismo.»
53 Rispose per tutti il Filotti che era il più spiccio:

*Es wird daher an die Bürgerschaft appelliert, an den ungebildeten Klassen der Bevölkerung ein Werk der Aufklärung zu vollbringen, damit dieses Gerede aufhört, ansonsten unser Dorf in Kürze zum Gegenstand von Witzen wird, wie Piolo, wo sie einst den Kirchturm verschieben wollten und dabei Stroh unter ihre Füße legten, daß es aussah, als bewege sich der Turm, während sie stillstanden und nach hinten rutschten.*

*Es wird gebeten, die Schuldigen ausfindig zu machen, damit dem Unfug ein Ende bereitet werden kann.*

*Der Bürgermeister*
*Giuseppe Bottazzi*

Der Smilzo sorgte noch für die richtige Interpunktion, dann wurde der Aufruf in Druck gegeben und an den Straßenecken aufgehängt. Unglücklicherweise verließen nur zwei Stunden nach dieser Bekanntmachung Herr und Frau Tavoni mit Sack und Pack den prächtigen Neubau und kehrten in ihr früheres Haus zurück.

Das wirkte so einschneidend auf die öffentliche Meinung, daß Peppones tiefempfundener Aufruf völlig ungehört verpuffte und sich im Dorf und in allen Gemeinden der Umgebung große Gruppen von Anhängern des Übernatürlichen bildeten.

Tavoni hängte ein Schild an die Tür des Hauses: «Zu vermieten». Als niemand sich meldete, schrieb er ein neues: «Zu verkaufen».

Leute mit Geld gab es ziemlich viele, und es wäre ein günstiges Geschäft gewesen; doch niemand hatte den Mut, zuzuschlagen.

So trat eines Sonntagvormittags Peppone in das Café, in dem sich die wohlhabenden Landwirte jeweils nach der Messe trafen, und meinte sarkastisch:

«Wenn man denkt, daß alle dem Tavoni das Geschäft wegschnappen wollten, als er den Vertrag unterschrieb! Jetzt, wo er das Haus um ein Butterbrot verkauft, will niemand es haben. Bammel ist eben noch stärker als Egoismus!»

Der schlagfertige Filotti sprach allen aus dem Herzen:

«Se ha tanto coraggio, perché non la compera lei?»

«Il coraggio non basta, ci vogliono i quattrini. Io non ne ho.»

«Il suo partito li ha: la faccia comprare al partito.»

«Il mio partito non è quello degli agrari: non ha soldi da buttar via.»

«Però ha i quattro milioni che servono per far ingrandire e soprelevare la Casa del Popolo. Se lei la lascia stare così com'è e compera per tre milioni la palazzina, fa risparmiare al suo partito un milione e combina un grosso affare.»

Effettivamente la Casa del Popolo stava per essere ingrandita e soprelevata. Tutti lo sapevano, in paese, e conoscevano per filo e per segno il preventivo.

«La palazzina sembra fatta apposta per metterci gli uffici, l'archivio eccetera,» continuò il Filotti. «Il guaio è che l'oscurantismo medievale funziona anche per i progressisti.»

Era una pubblica sfida e Peppone non poté che rispondere: «É un'idea».

E davvero si trattava di una idea brillante perché la palazzina era costata più di sei milioni e possedeva tutti i requisiti per ospitare il quartier generale dei rossi.

Così i rossi fecero il colpo e pochi giorni dopo Peppone, con annesse carabattole, si insediava solennemente alla palazzina.

E immediatamente la gente trovava il nome adatto alla ex palazzina Tavoni: *Kremlino.*

Sistemata ogni cosa al Kremlino, Peppone radunò dopo cena lo stato maggiore e disse:

«Tutti i documenti importanti adesso sono qui: non possiamo certamente abbandonarli. Da ora entra in funzione il servizio notturno di guardia. Chi vuol rimanere stanotte?»

Nessuno rispose.

«Wenn Sie soviel Mut haben, warum kaufen Sie es nicht selbst?»

«Mut genügt nicht, man braucht schon auch Geld. Und ich habe keins.»

«Aber Ihre Partei hat Geld. Lassen Sie es doch von der Partei kaufen.»

«Wir sind nicht die Bauernpartei, wir können nicht mit Geld um uns schmeißen.»

«Sie haben doch die vier Millionen für die Vergrößerung des Volkshauses. Wenn Sie das lassen, wie es ist, und für drei Millionen die Tavoni-Villa kaufen, sparen Sie Ihrer Partei eine Million und machen ein Bombengeschäft.»

Tatsächlich sollte das Volkshaus aufgestockt und ausgebaut werden. Das ganze Dorf wußte das und kannte den Kostenvoranschlag bis in alle Einzelheiten.

«Das Haus ist wie gemacht für die Unterbringung von Büros, Archiv und so weiter», fuhr Filotti fort. «Schade, daß die mittelalterliche Volksverdummung auch bei den Progressiven herrscht.»

Das war eine öffentliche Herausforderung, auf die Peppone nur antworten konnte: «Eigentlich keine schlechte Idee.»

Es war sogar eine ausgezeichnete Idee, denn das Haus Tavoni hatte mehr als sechs Millionen gekostet und hatte alle Voraussetzungen für die Unterbringung des Hauptquartiers der Roten.

Also griffen die Roten zu, und schon wenige Tage später nahm Peppone samt zugehörigen Siebensachen im neuen Haus feierlich Einsitz.

Und alsogleich hatte das Volk den passenden Namen für die Tavoni-Villa gefunden: *Kreml.*

Als im Kreml alles eingeräumt war, versammelte Peppone nach dem Abendessen seinen Stab um sich und sagte:

«Alle wichtigen Dokumente liegen jetzt hier – wir dürfen sie selbstverständlich hier nicht allein lassen. Von nun an muß jede Nacht Wachdienst geleistet werden. Wer will heute hierbleiben?»

Niemand antwortete.

«Va bene,» borbottò Peppone. «Rimani tu, Smilzo.»

«Se lo sapevo,» rispose lo Smilzo, «mi sarei fatto preparare un termos di caffè da mia moglie. Non vorrei addormentarmi. E poi non ho sigarette.»

«Poco male,» lo rassicurò Peppone. «Va a prendere la roba che ti serve e poi torna. Io ti aspetto.»

Lo Smilzo se ne andò e, uno alla volta, se ne andarono anche gli altri. Peppone si ritrovò solo tra muri silenziosi del Kremlino e si guardò attorno compiaciuto: era davvero una magnifica casa, ben costruita, comoda, ampia. Il partito aveva fatto un grosso affare.

«Anche gli spiriti possono servire a qualcosa!», pensò fregandosi le mani.

Suonarono le ventitré al campanile:

«Quanto tempo ci mette quel disgraziato a tornare col caffè?», pensò irritato Peppone.

Peppone accese la radio, ma in quel momento una porta al primo piano sbatté: qualcuno doveva aver lasciato aperta una finestra. Peppone si alzò e tranquillamente si avviò verso la scala. Incominciò a salire e la luce elettrica attenuò la propria intensità, poi, dopo un breve palpitare, si spense.

La porta sbatté ancora: nello stesso tempo un curioso cigolio venne dal solaio.

Peppone cercò nelle tasche la scatola dei fiammiferi e non la trovò.

Continuò a salire: arrivato davanti a una porta cercò l'interruttore della luce che non trovò: del resto era inutile, c'era un guasto alla linea elettrica.

Entrò nella stanza che era buia come una tomba e la porta si richiuse con un colpo secco come una revolverata.

Prese a camminare a tentoni per trovare la finestra e, d'improvviso, si udirono delle urla al pianterreno.

Urla tremende.

Poi della musica.

«Schön», brummte Peppone. «Dann bleibst du, Smilzo.»

«Wenn ich das gewußt hätte», wandte der Smilzo ein, «hätte ich mir von meiner Frau eine Thermosflasche Kaffee mitgeben lassen. Ich möchte nicht einschlafen. Und Zigaretten habe ich auch nicht bei mir.»

«Macht nichts», tröstete Peppone. «Hol dir, was du brauchst, und komm zurück. Ich warte solange.»

Der Smilzo verschwand, und nach und nach gingen auch die andern. Peppone saß allein in den stillen Wänden des «Kreml» und blickte sich zufrieden um.

Es war wirklich ein prächtiges Haus, gut gebaut, bequem, weitläufig. Die Partei hatte ein ausgezeichnetes Geschäft gemacht.

«Auch Gespenster können für etwas gut sein», dachte er und rieb sich die Hände.

Vom Kirchturm schlug es elf Uhr.

«Wie lange braucht denn dieser Tropf, um mit dem Kaffee zurückzukommen?» dachte Peppone verärgert.

Peppone schaltete das Radio ein, aber in diesem Augenblick schlug im obersten Stockwerk eine Tür zu: jemand mußte ein Fenster offen gelassen haben. Peppone stand auf und ging ruhig zur Treppe. Kaum hatte er ein paar Stufen erstiegen, wurde das Licht schwach, flackerte noch ein Weilchen und erlosch.

Die Tür klapperte immer noch, und gleichzeitig drang vom Dachboden her ein merkwürdiges Quietschen herunter.

Peppone suchte die Schachtel mit den Streichhölzern in allen Taschen, fand sie aber nicht.

Er stieg weiter hinauf. Vor einer Tür suchte er den Lichtschalter und fand keinen. Es war sowieso nutzlos: es mußte an der elektrischen Leitung etwas nicht in Ordnung sein.

Er trat in das Zimmer, das finster wie eine Grabkammer war, und hinter ihm fiel die Tür mit einem Knall wie einem Revolverschuß zu.

Tastend tappte er auf das Fenster zu, als er aus dem Erdgeschoß Schreie hörte.

Entsetzliche Schreie.

Dann Musik.

Era tornata la luce, evidentemente, e la radio aveva ripreso a funzionare. Peppone cercò l'interruttore, lo fece scattare. La luce si accese e Peppone si trovò davanti a due grandi occhi che lo guardavano.

Niente: il grosso ritratto di Stalin che qualcuno aveva appoggiato lì, contro il muro.

Scese, andò a sedersi davanti alla radio che poi spense subito perchè fuori c'era temporale e le scariche disturbavano la ricezione.

Guardò l'orologio ed era la mezzanotte: possibile che, per andar su al primo piano e tornar giù, ci avesse messo un'ora?

Possibilissimo: tanto è vero che al campanile suonò la mezzanotte.

Altri rumori strani dal primo piano: ma cosa faceva quel maledetto Smilzo? Perché non tornava?

C'era caldo, nella stanza, e Peppone si sentì tutto sudato: si avvicinò alla finestra e aprì il telaio a vetri. Mentre stava per spalancare le gelosie, la luce mancò ancora. Stavolta di colpo.

Cercò al buio di aprire le gelosie: la maniglia gli restò in mano. Spinse con tutte le sue forze ma le gelosie parevano inchiodate.

La porta della stanza cigolò.

Peppone si sentì soffocare: avvertiva la presenza, nella stanza, di un nemico sconosciuto, un nemico che si avvicinava ogni istante di più.

Rimase lì, fermo come un macigno, stringendo disperatamente i denti e i pugni. Resisté ancora per dieci minuti: e furono un secolo, e tutti i suoi nervi erano tesi come corde di violino e il cuore gli martellava tanto forte da fargli male.

Resisté fin che non sentì sulla nuca il soffio gelido del respiro breve dello sconosciuto.

Allora Peppone cedette e si fece il segno della Croce.

58 La luce tornò.

59 La stanza era vuota. Le gelosie non potevano aprir-

si, a spingerle, perché erano di quelle a *coulisse*, rientranti nello spessore del muro.

Peppone si addormentò sulla sedia e lo Smilzo arrivò che erano già circa le sei del mattino.

«Capo,» balbettò lo Smilzo, «ho fatto troppo tardi?»

«No, hai fatto troppo schifo.»

Lo Smilzo allargò le braccia.

«Si fa quel che si può» sussurrò umiliatissimo.

Peppone uscì: aveva smesso di piovere e il sole veniva su, rosso e rotondo, dietro il leggero velo di nebbia disteso sulla ramaglia dei pioppi.

«Se quel disgraziato di prete lo venisse a sapere» pensò Peppone passando davanti alla canonica «chi sa che soddisfazione!...».

Ma don Camillo non lo seppe mai e così l'unico a essere soddisfatto di quella storia fu il buon Dio.

Offenbar brannte das Licht wieder, und damit lief auch das Radio. Peppone fand den Lichtschalter, drehte. Licht flammte auf, und Peppone stand dicht vor zwei riesigen Augen, die ihn anstarrten.

Ach, nichts: Es war das große Stalinportät, das jemand hier an die Wand gelehnt hatte.

Er ging wieder hinunter und setzte sich vor den Radioapparat, den er aber gleich ausschaltete, denn draußen war ein Gewitter aufgezogen, und die Blitze störten den Empfang.

Er schaute auf die Uhr, die Mitternacht zeigte. War das möglich, daß er eine Stunde gebraucht hatte, um in den ersten Stock hinauf zu gehen und zurückzukommen?

Nicht nur möglich, sondern richtig: Eben schlug es vom Kirchturm Mitternacht.

Wieder sonderbare Geräusche aus dem Obergeschoß – was machte dieser verflixte Smilzo bloß? Warum kam er nicht?

Es war heiß in dem Zimmer, Peppone fühlte sich naß von Schweiß. Er trat ans Fenster und öffnete die Glasflügel. Als er eben auch die Fensterläden aufschlagen wollte, ging erneut das Licht aus. Diesmal schlagartig.

Er versuchte die Jalousien im Dunkeln aufzubekommen – und hielt den abgerissenen Riegel in der Hand. Er drückte mit aller Kraft, doch die Fensterläden waren wie zugenagelt.

Die Zimmertür knarrte.

Peppone glaubte zu ersticken: Er spürte die Anwesenheit eines unbekannten Feindes im Zimmer, eines Feindes, der mit jedem Augenblick näherrückte.

Stockstill blieb er stehen, mit zusammengebissenen Zähnen und geballten Fäusten. Noch zehn Minuten hielt er durch, und sie kamen ihm vor wie ein Jahrhundert; seine Nerven waren angespannt wie Violinsaiten, und das Herz hämmerte in seiner Brust, daß es schmerzte.

Er hielt durch, bis er im Genick den kurzen, eisigen Atemzug des Unbekannten fühlte.

Da gab Peppone den Widerstand auf und schlug das Kreuz.

Das Licht flammte wieder auf.

Das Zimmer war leer. Die Fensterläden ließen sich weder

Lo spyderino rosso svoltò deciso dentro il cortiletto della canonica e ne scese un giovanotto magro, vestito di grigio, con occhiali da intellettuale e una busta di pelle sotto il braccio.

Don Camillo che, seduto allo scrittoio del tinello, con un occhio stava leggendo la *Gazzetta* mentre, con l'altro, spiava attraverso la finestra, strinse i pugni.

«Avanti!» disse con malgarbo non appena sentì bussare.

Il giovanotto entrò, salutò e porse a don Camillo una busta.

«Non posso comperare niente» borbottò don Camillo senza neppure alzare il capo dal giornale.

«Non ho niente da vendere» rispose l'altro. «Sono don Francesco, il coadiutore che la curia le ha assegnato, e questa è la lettera di presentazione.»

Don Camillo lo squadrò:

«Vedendola così vestito, giovanotto, l'avevo scambiato per uno dei soliti rappresentanti di commercio. Considerando che lei doveva presentarsi ad un vecchio parroco, forse sarebbe stato meglio se si fosse travestito da prete».

Il pretino, tipo molto nervoso, impallidì, e don Camillo lesse la lettera.

«Bene» disse riponendo il foglio nella busta. «Lei, dunque, è stato mandato qui per insegnarmi a fare il prete.»

«No, reverendo: solo a ricordarle che non siamo nel 1666 ma nel 1966.»

Don Camillo trasse di tasca il fazzolettone giallo e vi fece un nodo.

öffnen, noch hinausstoßen, weil es in die Mauer eingelassene Rolläden waren.

Peppone schlief auf dem Stuhl ein. Als der Smilzo eintraf, war es schon sechs Uhr morgens.

«Chef», stammelte der Smilzo, «bin ich zu spät?»

«Nein, du hast nur die Hosen voll.»

Der Smilzo breitete die Arme aus.

«Man tut, was man kann», flüsterte er gedemütigt.

Peppone ging nach Hause. Es hatte zu regnen aufgehört, und die Sonne ging auf, rot und groß hinter dem leichten Nebelschleier, der über den Pappelreihen lag.

«Wenn der Kerl von einem Priester das erführe», dachte Peppone, während er vor dem Pfarrhaus vorüberging, «der würde sich schön freuen!»

Don Camillo jedoch erfuhr es nie, und so war der einzige, der sich an dieser Geschichte freute, der liebe Gott.

## *Das Geheimnis des heiligen Antonius*

Der kleine rote Sportwagen schwenkte energisch in den engen Hof des Pfarrhauses. Ein magerer junger Mann stieg aus, in grauem Anzug, mit einer Intellektuellenbrille auf der Nase und einer Ledermappe unter dem Arm.

Don Camillo, der in der Stube am Schreibtisch saß, mit einem Auge die *Gazzetta* las und mit dem andern aus dem Fenster spähte, ballte die Fäuste.

«Herein!» sagte er recht unhöflich, sobald er es klopfen hörte.

Der junge Mann trat ein, grüßte und reichte Don Camillo einen Briefumschlag.

«Ich kaufe nichts», knurrte Don Camillo, ohne den Kopf von der Zeitung zu heben.

«Ich habe auch gar nichts zu verkaufen», erwiderte der andere. «Ich bin Don Francesco, der Amtsgehilfe, den Ihnen die Kurie zugewiesen hat, und hier ist mein Einführungsschreiben.»

Don Camillo musterte ihn:

«In diesen Kleidern, junger Mann, habe ich Sie für einen der üblichen Handelsreisenden gehalten. In Anbetracht dessen, daß Sie sich bei einem alten Pfarrer vorstellen müssen, wär's vielleicht doch besser gewesen, Sie hätten sich als Priester kostümiert.»

Das Priesterlein, ein sehr nervöser Mensch, wurde blaß, und Don Camillo las den Brief.

«Schön», sagte er, während er das Blatt in den Umschlag zurücksteckte. «Sie sind also hergeschickt worden, um mich zu lehren, wie man Priester wird.»

«Nein, Hochwürden – nur um Sie daran zu erinnern, daß wir im Jahre 1966 leben, nicht 1666.»

Da zog Don Camillo sein riesiges gelbes Taschentuch hervor und machte einen Knoten.

«Adesso che me lo ha ricordato, può andarsene» disse.

Il pretino perse la calma:

«Reverendo! La curia mi ha mandato qui e qui resto» esclamò stizzito sedendosi davanti allo scrittoio.

«In questo caso,» disse calmo don Camillo «approfittiamone per farci una partita. Conosce il gioco delle ottanta carte?»

«No» rispose a denti stretti il pretino.

Sullo scrittoio erano alcuni vecchi mazzi di carte: don Camillo ne agguantò uno, lo strinse a morsa fra le grosse mani e, con uno strappo, lo troncò in due.

Il pretino non si impressionò:

«So fare anch'io questo gioco,» disse «però con assai meno fatica».

Raccolse dallo scrittoio un altro mazzo di carte e, con molta calma, ad una ad una, strappò in due pezzi le quaranta carte.

«Ora sono ottanta come le vostre, reverendo» disse alla fine sorridendo.

Don Camillo tentennò la testa con aria di approvazione.

«Io, però,» disse indicando i due mucchietti di carte spezzate «so fargliele mangiare tutte e centosessanta.»

Era il don Camillo dei tempi duri e violenti e il pretino diventò smorto.

«Io,» balbettò «sono stato mandato. Se la mia persona non le è gradita . . .»

«Lei o un altro fa lo stesso. Dato che Sua Eccellenza ci ordina di aver bisogno di un coadiutore, si obbedirà.

Lei cortesemente mi ha ricordato che siamo nel 1966 e non nel 1666 e io ho ricambiato la sua cortesia ricordandole che qui il parroco sono io. La sua stanza è pronta. Può approfittarne per rinfres-

«Jetzt haben Sie mich daran erinnert, also können Sie wieder gehen», sagte er.

Das Priesterlein verlor seine Ruhe.

«Hochwürden! Die Kurie hat mich hierher geschickt, und hier bleibe ich!» rief es aufgebracht und setzte sich vor den Schreibtisch.

«In diesem Fall», äußerte Don Camillo ruhig, «nutzen wir die Gelegenheit, um ein Spielchen zu machen. Kennen Sie das mit den achtzig Karten?»

«Nein», erwiderte der junge Geistliche mit zusammengebissenen Zähnen.

Auf dem Schreibtisch lagen ein paar alte Bündel Spielkarten; Don Camillo nahm eines auf, faßte es mit seinen großen Händen und riß die vierzig Karten mit einem einzigen Ruck mitten entzwei.

Der Jüngling ließ sich nicht einschüchtern.

«Dieses Spiel kann ich auch», sagte er. «Aber mit viel weniger Mühe.»

Er nahm ebenfalls ein Spiel Karten vom Schreibtisch auf und halbierte seelenruhig die vierzig Karten, eine um die andere.

«Jetzt sind es achtzig, wie bei Ihnen, Hochwürden», meinte er zuletzt lächelnd.

Don Camillo wiegte mit anerkennender Miene den Kopf.

«Ich hingegen», sagte er dann und deutete auf die beiden Häufchen zerrissener Karten, «ich kann Ihnen alle hundertsechzig in den Hals stopfen.»

Das war der Don Camillo der harten, gewalttätigen Zeiten, und das Priesterlein wurde leichenfahl.

«Ich», stammelte es, «ich bin geschickt worden. Wenn meine Person Ihnen nicht genehm ist...»

«Sie oder ein anderer, das kommt auf dasselbe heraus. Da Seine Exzellenz uns befiehlt, einen Koadjutor zu benötigen, wird man eben gehorchen. Sie haben mich freundlicherweise daran erinnert, daß wir 1966 schreiben und nicht 1666, und in Erwiderung Ihrer Höflichkeit habe ich Sie daran erinnert, daß *ich* hier der Pfarrer bin. Ihr Zimmer steht bereit. Sie können es gleich benützen, um sich etwas frisch zu machen und um sich

carsi e per vestirsi da prete: qui, durante le ore di servizio, non è gradito l'abito borghese.»

Il pretino venne accompagnato dalla vecchia Desolina nella stanza dei forestieri e don Camillo corse a sfogarsi col Cristo crocifisso dell'altare maggiore.

Nella chiesa di don Camillo, infatti, esisteva ancora l'altare al quale don Camillo persisteva nel celebrare la Messa in latino. E i fedeli continuavano a ricevere l'Ostia inginocchiati davanti alla balaustra con le colonnine di marmo pitturate a finto marmo.

In tutte le altre chiese della diocesi, l'altare era stato sostituito da quella che don Camillo, con scarso rispetto, chiamava «tavola calda»; ma nella chiesa di don Camillo niente era stato ancora cambiato e, proprio per questo, la curia – prima di adottare gravi provvedimenti disciplinari – aveva voluto affiancare al testardo parroco della Bassa, un giovane sacerdote che inducesse il ribelle ad aggiornarsi.

Don Camillo camminò in su e in giù per la chiesa deserta cercando invano l'inizio giusto del discorso che voleva fare, e il Cristo lo chiamò:

«Don Camillo, che cosa fai? Hai dimenticato che la vera forza dei sacerdoti di Dio è l'umiltà?».

«Signore,» esclamò don Camillo «mai l'ho dimenticato e sono qui davanti a voi come il più umile dei vostri servi.»

«Don Camillo, è facile umiliarsi davanti a Dio. Il tuo Dio si è fatto uomo e umiliato davanti agli uomini.»

«Signore,» gridò con angoscia don Camillo, spalancando le braccia, «perché dovrei distruggere tutto?»

«Non distruggi niente. Tu cambi la cornice al dipinto, ma il dipinto rimane lo stesso. O, per te, è più importante la cornice che il quadro? Don Camillo, se l'abito non fa il monaco, non fa neppure il prete. O ritieni d'essere più ministro di Dio tu che quel giovane solo perché tu porti la sottana e lui la giacchetta e i pantaloni? Don Camillo, ritieni che il tuo Dio

als Priester anzuziehen. Hier ist während der Dienstzeit Zivilkleidung nicht erwünscht.»

Der junge Mann wurde von der alten Desolina ins Fremdenzimmer geleitet, und Don Camillo eilte, um dem gekreuzigten Christus am Hochaltar sein Herz auszuschütten.

In Don Camillos Kirche gab es tatsächlich immer noch einen Altar, an dem Don Camillo nach wie vor die Messe in lateinischer Sprache las. Und die Gläubigen knieten zum Empfang der Hostie wie eh und je an der Balustrade mit den Säulchen aus falschem Marmor.

In allen anderen Kirchen der Diözese war der Altar durch etwas ersetzt worden, was Don Camillo respektlos ein «Stehbüffet» nannte; in der Kirche von Don Camillo aber war alles beim alten geblieben, und gerade deshalb wollte die Kurie – bevor sie zu harten disziplinarischen Maßnahmen griff – dem widerspenstigen Pfarrer in der Bassa einen jungen Geistlichen zur Seite stellen, der den Starrkopf dazu bringen sollte, sich der neuen Zeit anzupassen.

Don Camillo lief in der leeren Kirche auf und ab und suchte vergeblich den richtigen Anfang der Rede, die er halten wollte, als Christus ihn rief.

«Don Camillo, was tust du? Hast du vergessen, daß die wahre Kraft der Diener Gottes in der Demut liegt?»

«Nein, Herr», beteuerte Don Camillo, «das habe ich nie vergessen, und ich stehe hier vor Euch als der demütigste Eurer Diener.»

«Don Camillo, es ist leicht, sich vor Gott zu demütigen. Dein Gott ist Mensch geworden und hat sich vor den Menschen gedemütigt.»

«Herr», klagte Don Camillo tief bekümmert und breitete die Arme aus, «warum sollte ich denn alles zerstören?»

«Du zerstörst nichts. Du gibst dem Bild einen neuen Rahmen, aber das Bild bleibt das gleiche. Oder ist für dich der Rahmen wichtiger als das Gemälde? Und, Don Camillo: Die Kutte macht noch keinen Mönch, wie man zu sagen pflegt, aber sie macht auch keinen Priester. Oder glaubst du, mehr Diener Gottes zu sein als dieser junge Mann, bloß weil du eine Soutane trägst und er Jacke und Hose? Don Camillo, hältst du Gott für

sia tanto ignorante da capire solo il latino? Don Camillo, questi stucchi, questo legno dipinto, questa porporina, queste antiche parole non sono la fede.»

«Signore,» replicò umilmente don Camillo «però sono la tradizione: il ricordo, il sentiero percorso per tanti anni, la poesia . . .»

«Tutte bellissime cose che non hanno niente a che vedere con la fede. Don Camillo, tu ami queste cose perché ricordano il tuo passato e perché le senti tue, quasi parte di te. La vera umiltà è rinunciare alle cose che più si amano.»

Don Camillo chinò il capo e disse: «Obbedisco, Signore».

Ma il Cristo sorrise perché leggeva nel cuore di don Camillo.

Il pretino era pieno di entusiasmo. Il suo motto era «demistificare!». Ripulire, cioè, la chiesa di ciò che era soltanto orpello e poteva servire soltanto alla superstizione. Però cercava di operare con cautela, in modo da non irritare don Camillo. E don Camillo, sia pure a denti stretti, lo seguiva.

Ma, improvvisamente, puntò i piedi.

«L'altare lo si toglierà» disse con la stessa voce che aveva usato quando s'era offerto di far mangiare al pretino i due mazzi di carte «ma solo quando avrò trovato un posto adatto in cui sistemarlo.»

Non era un problema facile, perché un altare sormontato da un Cristo crocifisso alto tre metri non era un soprammobile. Ma don Camillo aveva la sua idea fissa nella zucca e la confidò al Cristo.

«Signore,» spiegò «gli eredi del povero Filotti hanno liquidato tutta la proprietà. È rimasta solo la vecchia, decrepita casa padronale più l'annessa cappella privata, nella quale io ho celebrato sempre una volta all'anno. Sono disposti a cedere tutto per sette milioni trattabili. Se io potessi avere quella cappella, porterei là l'altare e anche voi, Signore.

so ungebildet, daß er nur Latein versteht? Don Camillo – dieser Gips, dieses bemalte Holz, diese Goldbronze, diese altertümlichen Worte sind nicht der Glaube.»

«Herr», wandte Don Camillo demütig ein, «aber sie sind die Tradition; die Erinnerung, der Weg durch so viele Jahre, das Poetische . . .»

«Lauter wunderschöne Dinge, die nichts mit dem Glauben zu tun haben. Du liebst sie, Don Camillo, weil sie dich an deine Vergangenheit erinnern, weil du sie als dein Eigentum, ja fast als einen Teil deiner selbst empfindest. Wahre Demut heißt auf die Dinge verzichten, die man am meisten liebt.»

Don Camillo beugte das Haupt und sprach: «Ich gehorche, Herr.»

Christus aber lächelte, denn er konnte in seinem Herzen lesen.

Der junge Priester war voller Enthusiasmus. Seine Devise lautete: «Entmythologisieren!» Das bedeutete, die Kirche von allem zu reinigen, was bloß Flitter war, was bloß dem Aberglauben diente. Immerhin versuchte er, vorsichtig zu Werk zu gehen, um Don Camillo nicht zu ärgern. Und Don Camillo machte mit, wenn auch mit zusammengebissenen Zähnen.

Mit einem Mal aber wurde er bockbeinig.

«Gut, der Altar kommt weg», sagte er im gleichen Ton wie damals, als er sich erboten hatte, dem Priesterlein die beiden Kartenspiele zu essen zu geben; «aber erst, wenn ich einen geeigneten Platz gefunden habe, wo ich ihn unterbringen kann.»

Das war kein leichtes Problem, denn ein Altar mit einem drei Meter hohen Gekreuzigten ist nicht gerade eine Nippfigur. Aber Don Camillo hatte eine blendende Idee, und die vertraute er nun Christus an:

«Herr», erklärte er, «die Erben des armen Filotti haben den ganzen Besitz versilbert. Geblieben ist nur das alte, verlotterte Herrenhaus mit der angebauten Privatkapelle, in der ich immer einmal im Jahr die Messe gelesen habe. Sie sind bereit, das Ganze um sieben Millionen, die man noch herunterhandeln kann, herzugeben. Wenn ich diese Kapelle haben könnte, würde ich den Altar dorthin bringen, und Euch ebenfalls, Herr.

Voi impicciate, qui, e non si sa dove sistemarvi. Voi rimarreste sempre il Figlio di Dio onnipotente anche se distruggessero le vostre immagini, ma io non permetterò mai che vi buttino fra gli arnesi fuori uso in solaio.»

«Don Camillo,» lo ammonì il Cristo «tu non parli di me. Tu parli di un pezzo di legno dipinto.»

«Signore, la patria non è quel pezzo di tela colorata che si chiama bandiera. Però non si può trattare la bandiera della patria come uno straccio. E voi siete la mia bandiera, Signore. In quella cappella trovereste il posto giusto ma, purtroppo, anche se trattabili, sette milioni sono sette milioni. Come potrei trovare quel danaro?»

«Cercandolo là dov'esso si trova» rispose enigmatico e sorridente il Cristo.

Intanto il pretino scalpitava.

«Reverendo, anche se abbiamo rimandata la sistemazione dell'altare» disse a un bel momento «possiamo iniziare la demistificazione eliminando, per esempio, quell'orribile pupazzo di Sant'Antonio!»

Quella statua era davvero brutta. Don Camillo l'aveva trovata già dentro la sua nicchia e lì l'aveva lasciata, limitandosi a spolverarla una volta all'anno.

Il protettore del patrimonio zootecnico della Bassa pare si fosse comportato assai bene in occasione di gravi epidemie d'afta epizootica tra il 1862 e il 1914. Aveva perciò conosciuto tempi assai felici e aveva visto centinaia di candeline ardere ogni giorno davanti a sé. Poi, via via che le iniezioni anti-afta prendevano piede, le candeline erano diminuite e ora il povero Sant'Antonio doveva accontentarsi della misera lampadina da dieci candele che don Camillo aveva fatto sistemare davanti alla nicchia, mascherandola dentro una vecchia lampada ad olio.

70 Don Camillo era affezionato anche al suo Sant'An-
71 tonio, ma accettò la proposta del pretino.

Hier seid Ihr im Wege, und man weiß nicht, wohin mit Euch. Natürlich würdet Ihr stets der Sohn des Allmächtigen bleiben, auch wenn sie Eure Bilder zerstörten, aber ich werde niemals zulassen, daß man Euch zum ausgedienten Gerümpel auf den Dachboden schmeißt.»

«Don Camillo», mahnte Christus, «du meinst nicht mich. Du meinst ein angemaltes Stück Holz.»

«Herr, das Vaterland ist auch nicht das Stück farbiger Stoff, das man Fahne nennt. Und doch darf man die Fahne des Vaterlandes nicht wie einen Tuchfetzen behandeln. Ihr seid meine Fahne, Herr. In jener Kapelle würdet Ihr den richtigen Platz finden, aber sieben Millionen sind leider sieben Millionen, auch wenn sich noch markten läßt. Wie könnte ich bloß zu diesem Geld kommen?»

«Indem du es dort suchst, wo es sich befindet», antwortete geheimnisvoll lächelnd der Gekreuzigte.

Don Francesco trat von einem Fuß auf den andern.

«Hochwürden, auch wenn wir die Unterbringung des Altars auf später verschoben haben», sagte er in einem günstigen Augenblick, «können wir mit der Entmythologisierung anfangen, indem wir beispielsweise diese scheußliche Gipsfigur des heiligen Antonius entfernen!»

Die Statue war in der Tat häßlich. Don Camillo hatte sie seinerzeit bereits in ihrer Nische vorgefunden; er hatte sie dort stehenlassen und sich darauf beschränkt, sie einmal im Jahr abzustauben.

Der Schutzpatron der Tierzucht in der Bassa hatte sich anscheinend bei schweren Maul- und Klauenseuche-Epidemien zwischen 1862 und 1914 sehr anständig benommen. Dafür hatte er glückliche Zeiten erlebt und jeden Tag Hunderte von Kerzen vor sich brennen sehen. Dann aber hatten sich im gleichen Maß, wie die Spritzen gegen die Seuche aufkamen, die Kerzen vermindert, und heute mußte sich der arme Sankt Antonius mit der schäbigen Zehn-Watt-Glühbirne begnügen, die Don Camillo vor der Nische hatte anbringen lassen, als alte Öllampe getarnt.

Don Camillo hing zwar auch an seinem alten Antonius, doch er nahm den Vorschlag des jungen Priesters an.

«Sta bene. Domattina non lo troverà più.»

*Est modus in rebus:* d'accordo sul fatto di sfrattare Sant'Antonio, però non liquidandolo come avrebbe voluto il pretino, con quattro martellate, dopo oltre cento anni di onorato servizio. (Esattamente centoquattro perché, come risultava dai libri della parrocchia, la statua era stata regalata alla chiesa nel giugno del 1862, da un ricco proprietario terriero, tale Ferrazza.) Aiutato dal campanaro, don Camillo, la notte stessa, tirò giù il Sant'Antonio dalla sua nicchia e lo portò dentro nella rimessa. Ora accadde che, durante il trasloco, il Santo urtò col piede destro contro lo spigolo di una porta e ci rimise in blocco tutte le dita e annessa punta del calzare.

Don Camillo, prima di andarsene a letto, volle ripristinare con un po' di mastice il piede sinistrato e, così, mentre stava per riappiccicare il pezzo di stucco, si accorse che, dal piede spuntato del Santo, emergeva la punta di uno stivale nero. E lo stivale non era di stucco, ma di legno pitturato.

La parte inferiore della tonaca bigia che copriva il Santo fino ai piedi era incrinata e bastò un leggero colpetto. E allora si scoperse, cosa davvero inaspettata, che Sant'Antonio portava, sotto il saio, pantaloni e stivali con speroni.

Un altro colpetto ed ecco staccarsi, come una crosta, la parte superiore del saio e venire alla luce un pezzo di camicia rossa.

In pochi minuti, la crosta di stucco che copriva la statua di legno originale veniva asportata completamente e, una volta sbucciato, il Sant'Antonio risultava inequivocabilmente Garibaldi.

Il braccio destro levato reggeva ancora nel pugno il piccolo Crocifisso; ma era evidente che, in origine, reggeva una sciabola. Il bastone da pellegrino che il Santo stringeva nella sinistra era un'abile mimetizza-
72 zione dell'asta di una bandiera.

73 Non si capiva perché mai Garibaldi fosse stato

«Gut. Morgen früh werden Sie ihn nicht mehr sehen.»

*Est modus in rebus:* einverstanden mit der Austreibung des heiligen Abtes Antonius, aber nicht indem man ihm, wie Don Francesco es gewünscht hätte, mit ein paar Hammerschlägen den Garaus machte, nachdem er immerhin über hundert Jahre in Ehren gedient hatte. (Genau genommen hundertvier: denn wie aus den Pfarrbüchern hervorging, war die Statue im Juni 1862 von einem reichen Gutsbesitzer namens Ferrazza der Kirche geschenkt worden.) Mit Hilfe des Glöckners zerrte Don Camillo noch in dieser Nacht Sankt Antonius aus seiner Nische herab und trug ihn in den Schuppen. Nun geschah es aber, daß der Heilige unterwegs mit dem rechten Fuß gegen eine Türkante stieß und dabei die Zehen samt der anhaftenden Sandalenspitze einbüßte.

Don Camillo wollte, ehe er zu Bett ging, den verstümmelten Fuß noch schnell mit ein wenig Kitt heilen; da gewahrte er, als er das Stück Gips wieder ankleben wollte, wie aus dem Fußstummel des Heiligen die Spitze eines schwarzen Stiefels hervorlugte. Und der Stiefel war nicht aus Gips, sondern aus bemaltem Holz.

Der untere Teil der aschgrauen Mönchskutte, die den Heiligen bis zu den Füßen umhüllte, wies Risse auf, ein leichter Puff genügte. Und dann entpuppte sich etwas wirklich Unerwartetes: daß der Abt Sankt Antonius unter der Kutte Hosen und Stiefel mit Sporen anhatte.

Ein weiterer kleiner Schlag, und schon löste sich der obere Teil der Kutte wie eine Rinde, und zum Vorschein kam ein Stück von einem roten Hemd.

In wenigen Minuten war die Gipskruste, die die Original-Holzstatue umschloß, vollständig abgelöst, und der herausgeschälte Sankt Antonius erwies sich unbezweifelbar als Garibaldi.

Der erhobene rechte Arm trug noch das kleine Kruzifix in der Faust, aber es war klar zu erkennen, daß er ursprünglich einen Säbel geschwungen hatte. Der Pilgerstab, den der Heilige mit der Linken umklammerte, war die geschickte Tarnung einer Fahnenstange.

Aus welchem Grunde Garibaldi als Sankt Antonius maskiert

mascherato da Sant'Antonio: ma don Camillo lo capì poco dopo. La rossa camicia di Garibaldi aveva sul petto, a sinistra, una parte bianca, a forma di cuore. Quello non era legno, ma stucco, e don Camillo ne saggiò la consistenza con le nocche delle dita. Si trattava di uno strato sottilissimo che andò in frantumi subito lasciando libero un foro dal quale zampillò una tintinnante cascatella di marenghi d'oro. Assieme ai marenghi, venne fuori anche un foglio ripiegato in quattro.

Una vecchia – un po' ridicola, un po' patetica – storia di paese.

Nell'aprile del 1862, Garibaldi aveva fatto una visita al capoluogo della provincia dove l'avevano festeggiato come un semidio. Il Garibaldi di legno pitturato, opera di un artigiano della città, faceva parte dei festeggiamenti. Garibaldi aveva tenuto alla Società degli Operai un discorso assai duro contro i preti di Roma e i «preti cattivi» in genere. E un tal Ferrazza, probabilmente capo dei «mangia-preti» del paese che fu poi di don Camillo, ne era rimasto tanto entusiasta da comperare la statua di Garibaldi e, fattala trasformare con stucco in un Sant'Antonio Abate, l'aveva offerta al parroco.

Oggi queste cose non si capiscono, ma, allora, c'era chi si divertiva con questo tipo di beffe feroci. Qui la ferocia della beffa non consisteva tanto nell'aver introdotto in chiesa Garibaldi per farlo venerare come santo, quanto nell'aver riempito il petto di Garibaldi di marenghi accompagnando il dono con un messaggio pieno di sarcasmo:

*Prete! (Sì, prete perché qui c'è oro e solo i preti sentono a distanza l'oro di cui sono avidissimi!) Prete! Non c'è, come tu dici, il demonio nel cuore di Garibaldi. C'è, invece, un tesoro prezioso e tu non lo rifiuterai! Prete! Se ancora userà celebrare la Messa quando tu leggerai questa lettera (e ne dubito) celebra una Messa per l'anima dell'anticlericale e gari-*

worden war, schien vorerst schleierhaft, doch Don Camillo sollte es bald erfahren. Garibaldis rotes Hemd trug links auf der Brust einen weißen, herzförmigen Fleck. Dieser war nicht aus Holz, sondern aus Gips, und Don Camillo prüfte seine Beschaffenheit mit den Fingerknöcheln.

Es handelte sich um eine ganz dünne Schicht, die sogleich in Stücke ging und ein Loch freigab, aus dem ein klingelnder Wasserfall von Goldstücken hervorsprudelte. Zugleich mit den Goldstücken fiel auch ein vierfach gefaltetes Stück Papier heraus.

Eine alte – ein bißchen lächerliche, ein bißchen rührende – Dorfgeschichte.

Im April 1862 hatte Garibaldi dem Hauptort der Provinz einen Besuch abgestattet, wo man ihn wie einen Halbgott feierte. Der bemalte Holz-Garibaldi, das Werk eines Handwerkers aus der Stadt, spielte bei den Festlichkeiten eine Rolle. Der richtige Garibaldi hielt auf dem Kirchplatz eine Brandrede gegen die römischen Priester und die «schlechten Priester» im allgemeinen. Und ein gewisser Ferrazza, wahrscheinlich der Anführer der «Priesterfresser» des Dorfes, in das später Don Camillo kam, war davon so begeistert, daß er die Garibaldi-Statue kaufte, mit Gips in einen heiligen Abt Antonius verwandeln ließ und diesen dem Pfarrer schenkte.

Heutzutage hat man kaum noch Verständnis für so etwas, aber damals gab es Leute, die an solchen rohen Scherzen ihr Vergnügen fanden. Hier lag die Roheit des Streiches nicht darin, daß Garibaldi in die Kirche eingeschmuggelt wurde, um als Heiliger verehrt zu werden, sondern vor allem darin, daß man Garibaldis Brust mit Goldstücken gefüllt und das Geschenk mit einer Botschaft voller Sarkasmus versehen hatte:

*Priester! (Jawohl, Priester – denn hier ist Gold, und nur die Priester riechen das Gold von weitem, auf das sie so begierig sind.) Priester! Es wohnt nicht, wie du sagst, der Teufel im Herzen Garibaldis. Hier wohnt vielmehr ein kostbarer Schatz, und du wirst ihn nicht zurückweisen! Priester! Falls immer noch Messen gelesen werden, wenn du diesen Brief liest (was ich allerdings bezweifle), dann lies eine Messe für die Seele des*

*baldino Alberto Ferrazza e, coi marenghi, fatti delle buone mangiate brindando alla gloria imperitura di Garibaldi!*

I marenghi erano mille che, tradotti in lirette, davano circa sei milioni. Don Camillo poté comprarsi la casa del vecchio Filotti e poté sistemare nella cappella, tale e quale, l'altare della sua chiesa col grande Cristo crocifisso.

Vi trasportò pure, dopo averlo fatto ricoprire da uno specialista con la crosta di stucco, il Garibaldi abate.

E la prima Messa la celebrò nella cappella per l'anima del defunto Alberto Ferrazza. La celebrò in latino, si capisce, alla presenza di pochissimi ruderi della vecchia guardia.

«Signore,» spiegò poi al Cristo «sono degli zucconi. Rimangono aggrappati alla vita solo grazie alla forza dei loro ricordi, del ricordo dei loro morti. Non capiscono che anche la Chiesa deve rinnovarsi.»

«Esattamente come non lo capisci tu, don Camillo» rispose il Cristo.

«Forse, Signore» ammise onestamente don Camillo. «Comunque io non sono fuori dalla regola perché si tratta di Messa privata in quanto questa cappella è diventata di mia proprietà, con l'aiuto di Dio!»

«Con l'aiuto di Garibaldi» precisò il Cristo.

«Signore, voi mi avevate detto che il danaro dovevo cercarlo dove era e io appunto là l'ho cercato. È Sant'Antonio abate che ha carpito la mia buona fede immischiando nell'affare Garibaldi.»

«Certo, don Camillo» disse sorridendo il Cristo. «In un paese come questo, dove i morti sono ancora più pazzi dei vivi, un parroco come te è forse il più adatto.»

Naturalmente, il servizio segreto informò Peppone del colpo combinato da don Camillo. E, incontrato don Camillo, Peppone gli domandò con molto sarcasmo:

*Antiklerikalen und Garibaldianers Alberto Ferrazza, leiste dir mit den Napoleondors ein paar üppige Mahlzeiten und trink auf den unvergänglichen Ruhm Garibaldis!*

Es waren 1000 Napoleondors, die, in Lire umgesetzt, rund sechs Millionen ergaben. Don Camillo konnte das Haus des alten Filotti kaufen und den Altar aus seiner Kirche mitsamt dem großen Christus am Kreuz, so wie er war, in der Kapelle aufstellen.

Später trug er, nachdem er ihn von einem Spezialisten wieder mit einer Gipsrinde hatte einhüllen lassen, auch den Abt Garibaldi dorthin.

Die erste Messe in der Kapelle las er für die Seele des verstorbenen Alberto Ferrazza. Er las sie auf lateinisch, versteht sich, in Anwesenheit einiger weniger Veteranen der alten Garde.

«Herr», erklärte er später dem Gekreuzigten, «das sind alte Kohlköpfe. Sie halten sich nur noch dank der Kraft ihrer Erinnerungen, der Erinnerung an ihre Toten, am Leben. Sie verstehen nicht, daß die Kirche sich erneuern muß.»

«Ganz genau so wenig wie du, Don Camillo», gab Christus zurück.

«Mag sein, Herr», gestand Don Camillo ehrlich ein. «Aber jedenfalls tue ich hier nichts Regelwidriges; es handelt sich um eine private Messe, denn diese Kapelle ist dank Gottes Hilfe in meinem Besitz.»

«Dank Garibaldis Hilfe», präzisierte Christus.

«Herr, Ihr habt mir gesagt, ich soll das Geld dort suchen, wo es sei, und genau dort habe ich es auch gesucht. Es war der heilige Abt Antonius, der meine Gutgläubigkeit übertölpelte und Garibaldi in die Sache hineinzog.»

«Gewiß, Don Camillo», sagte Christus lächelnd. «In einem Dorf wie diesem, wo die Toten noch größere Narren sind als die Lebenden, ist ein Pfarrer wie du wohl der passendste.»

Natürlich unterrichtete der Geheimdienst Peppone von Don Camillos neuestem Streich. Und so fragte Peppone, als er Don Camillo begegnete, höhnisch:

«Reverendo, è vero che avete aperto bottega per conto vostro?».

«No, compagno. Io lavoro sempre per lo stesso padrone: lassù, Mao non è ancora arrivato a seminare confusione.»

E Peppone incassò.

«Hochwürden, stimmt es, daß Ihr einen eigenen Laden aufgemacht habt?»

«Nein, Genosse. Ich arbeite immer noch für den gleichen Meister: Dort hinauf ist Mao noch nicht gelangt, um Verwirrung zu stiften.»

Peppone steckte es ein.

La strada che attraversava il borgo da est a ovest divideva il grande rettangolo della piazza in due quadrati uno dei quali, difeso su tre lati da tozzi colonnotti di pietra, era considerato spazio vitale della chiesa.

Una mattina arrivarono in piazza alcuni uomini del comune e presero a scalzare coi picconi uno dei colonnotti.

Un attimo dopo don Camillo era sul posto.

«Questo è il sagrato,» disse «e non si tocca.»

«Il sindaco ci ha ordinato . . .» tentò il capo della squadra.

«Dite al sindaco che, se vuol cavare le colonne, venga lui» lo interruppe don Camillo.

In altri tempi, Peppone non avrebbe esitato un minuto e sarebbe piombato in piazza armato di piccone, vanga e mazza. Ma gli anni passano anche per i sindaci comunisti: così prese le cose con calma e arrivò in piazza soltanto dopo un'ora, al volante di una delle enormi macchine escavatrici impegnate nei lavori del Ponte Nuovo.

Arrestò il bestione a qualche metro da uno dei colonnotti e abbassò il braccio della macchina. Scese, imbrigliò il colonnotto con la fune d'acciaio penzolante dalla cima del braccio e don Camillo lo lasciò fare. Poi, quando Peppone stava per risalire sul macchinone e azionare il braccio, don Camillo tranquillamente si sedette sul colonnotto.

Anche se il Concilio ha esautorato i parroci a favore dei vescovi e dei laici, non è consentito sradicare un colonnotto sul quale sta tranquillamente seduto un parroco, e la piazza in un attimo si riempì di gente.

## *Alte Pfarrer haben harte Knochen*

Die Straße, die den Dorfkern in ost-westlicher Richtung durchquerte, teilte das große Rechteck der Piazza in zwei Quadrate, deren eines, auf drei Seiten mit plumpen Steinpfosten bewehrt, als zur Kirche gehörig galt.

Eines Morgens kamen ein paar Gemeindearbeiter auf die Piazza und machten sich daran, mit ihren Pickeln einen der Pfosten auszugraben.

Einen Augenblick später stand Don Camillo vor ihnen.

«Das ist der Kirchplatz», sagte er. «Hier wird nichts angerührt.»

«Der Bürgermeister hat uns beauftragt ...» nahm der Vorarbeiter einen Anlauf.

«Sagt dem Bürgermeister, wenn er die Pfosten ausgraben will, soll er selber kommen», unterbrach ihn Don Camillo.

In früheren Zeiten hätte Peppone keinen Augenblick gezögert, mit Pickel, Spaten und Vorschlaghammer auf der Piazza zu erscheinen. Doch auch kommunistische Bürgermeister werden älter. So nahm er die Sache ruhiger auf und traf erst nach einer Stunde am Steuer eines der mächtigen Bagger ein, die für die Arbeiten an der neuen Brücke eingesetzt wurden.

Er stoppte das Riesending wenige Meter von einem der Pfosten entfernt und senkte den Baggerarm. Dann stieg er aus, umschlang den Pfosten mit dem Drahtseil, das von der Spitze des Armes herunterbaumelte, und Don Camillo ließ ihn gewähren. Dann, als Peppone wieder aufsteigen und den Baggerarm betätigen wollte, setzte sich Don Camillo seelenruhig auf den Pfosten.

Auch wenn das Konzil die Pfarrer zugunsten der Bischöfe und der Laien entmachtet hat, ist es doch nicht erlaubt, einen Pfosten auszugraben, auf dem sich seelenruhig ein Pfarrer niedergelassen hat. Darum füllte sich im Nu der Platz mit Menschen.

«Lei non può ostacolare lavori di pubblica utilità decretati dal comune!» urlò Peppone a don Camillo.

«Lei non può asportare queste colonne piantate su terreno della chiesa dal molto reverendo parroco don Antonio Bruschini nel 1785» replicò don Camillo accendendosi un mezzo toscano.

Ma anche Peppone si era preparato.

«Reverendo,» urlò Peppone «lei dimentica che nel 1796 questo territorio entrò a far parte della Repubblica Cispadana e quindi . . .»

«Quindi,» gli saltò sulla voce don Camillo «se Napoleone non fece cavare queste colonne non le può certo far cavare lei che, mi permetta, è assai meno importante di Napoleone.»

Peppone dovette arrendersi perché don Camillo gettò sul tappeto anche la moglie di Napoleone con annesso Ducato di Parma, Piacenza e Guastalla: però, due giorni dopo, piombava in canonica il segretario del vescovo. Il giovane sacerdote, come tutti i preti progressisti della *nouvelle vague,* disprezzava e detestava i vecchi parroci.

«Reverendo!» gridò. «È mai possibile che lei non perda occasione per dimostrare la sua insensibilità politica e sociale? Che cosa significa questa sua nuova pagliacciata? Giustamente il signor sindaco, per incrementare il turismo e adeguare il paese alle nuove esigenze della motorizzazione, vuol creare nella piazza un ampio posteggio e lei si oppone?»

«No: noi semplicemente non permettiamo che si tolga alla chiesa il sagrato.»

«Ma che sagrato! Lei non può occupare col sagrato mezza piazza. Non capisce che, oltre al resto, è un vantaggio anche per lei? Non si rende conto che molta gente non va alla Messa perchè le chiese non hanno spazio per posteggiare le macchine?»

«Sì, lo so, purtroppo» rispose calmo don Camillo. «Però non ritengo che la missione di un pastore

Peppone bellte Don Camillo an: «Ihr dürft Arbeiten von öffentlichem Interesse, die vom Gemeinderat angeordnet sind, nicht behindern!»

«Ihr dürft diese Pfosten, die der hochwürdige Pfarrer Don Antonio Bruschini im Jahre 1785 auf dem Kirchengrundstück hat anbringen lassen, nicht entfernen», gab Don Camillo zurück, indem er sich einen halben Stumpen anzündete.

Doch auch Peppone hatte sich vorbereitet:

«Hochwürden», schrie er, «Ihr vergeßt, daß dieses Territorium 1796 in den Besitz der Zispadanischen Republik überging, und wenn also ...»

«Wenn also», schnitt ihm Don Camillo das Wort ab, «Napoleon diese Pfosten nicht ausgraben ließ, braucht Ihr, der Ihr mit Verlaub bei weitem nicht die Statur Napoleons habt, sie erst recht nicht ausgraben zu lassen.»

Peppone mußte schließlich klein beigeben, denn Don Camillo brachte auch noch Napoleons Gemahlin samt zugehörigem Herzogtum Parma, Piacenza und Guastalla aufs Tapet. Aber zwei Tage später platzte der Sekretär des Bischofs ins Pfarrhaus. Der junge Priester, wie alle fortschrittlichen Priester der «Neuen Welle», verachtete und haßte die alten Pfarrer.

«Hochwürden!» rief er. «Können Sie denn wirklich keine Gelegenheit auslassen, Ihren politischen und sozialen Unverstand zu demonstrieren? Was soll diese neue Hanswurstiade? Mit Recht will der Herr Bürgermeister, um den Fremdenverkehr zu fördern und das Dorf den heutigen Erfordernissen der Motorisierung anzupassen, auf der Piazza einen großen Parkplatz schaffen – und da widersetzen Sie sich?»

«Nein. Wir erlauben bloß nicht, daß der Kirche der Vorplatz genommen wird.»

«Ach was, Vorplatz! Sie können doch nicht die halbe Piazza als Vorplatz mit Beschlag belegen! Begreifen Sie denn nicht, daß es, abgesehen von allem übrigen, auch für Sie ein Vorteil ist? Ist Ihnen nicht klar, daß viele Leute nicht zur Messe gehen, weil bei den Kirchen kein Platz zum Parken ist?»

«Doch doch, leider», antwortete Don Camillo ganz ruhig. «Aber ich glaube nicht, daß es zu den Aufgaben eines Seelen-

d'anime possa essere quella di organizzare dei posteggi e delle messe yé-yé per offrire ai fedeli una religione fornita di tutti i confort moderni. La religione di Cristo non è e non può essere né comoda né divertente.»

Era un banale ragionamento da pretè e il segretario esplose:

«Reverendo, lei dimostra di non aver capito che la Chiesa deve aggiornarsi e deve aiutare il progresso, non ostacolarlo!».

«Lei, invece, non ha capito che il suo ‹progresso› ha preso il posto di Dio nell'anima di troppa gente e il demonio, quando passa nelle strade degli uomini, non lascia più puzza di zolfo, ma di benzina.

E che il *Pater noster* non dovrebbe più dire ‹liberaci dal male› ma ‹liberaci dal benessere›.»

Non si può discutere con un fossile di questo genere e il segretario tagliò corto:

«Don Camillo, lei dunque si rifiuta di obbedire».

«No. Sua eccellenza il vescovo ci ordini di trasformare il sagrato in un parcheggio e noi obbediremo anche se il Concilio ha stabilito che la Chiesa di Cristo deve essere la Chiesa dei poveri e, di conseguenza, non dovrebbe preoccuparsi delle automobili dei fedeli.»

L'ordine, com'era logico, non arrivò ma era destino che il segretario del vescovo tornasse a galla.

Puntualmente, tutte le mattine, lo Smilzo infilava sotto la porta della canonica l'*Unità* che don Camillo non meno puntualmente sfogliava poi con giustificata indifferenza. Ma, un giorno, don Camillo fece un balzo: in terza pagina si trovò davanti la fotografia di un altare sormontato da un grande crocifisso e la foto di un particolare dello stesso crocifisso. Non erano fotografie molto nitide in quanto riportate da una rivista: però non poteva

hirten gehört, Parkplätze und Beat-Messen zu organisieren, um den Gläubigen eine Religion zu bieten, die mit jeglichem modernen Komfort ausgestattet ist. Die Religion Jesu Christi ist weder bequem noch unterhaltend, und sie kann es nicht sein.»

Diese banale priesterliche Argumentation brachte den Sekretär vollends auf die Palme:

«Hochwürden, damit beweisen Sie, daß Sie nicht begriffen haben, wie notwendig es für die Kirche ist, mit der Zeit zu gehen und den Fortschritt zu unterstützen statt zu hemmen!»

«Sie dagegen haben nicht begriffen, daß Ihr ‹Fortschritt› schon in den Seelen viel zu vieler Menschen den Platz Gottes eingenommen hat; daß der Satan, wenn er heute durch die Straßen geht, nicht mehr Schwefel-, sondern Benzingestank zurückläßt; und daß es im Vaterunser nicht mehr heißen sollte ‹Erlöse uns von dem Bösen›, sondern ‹Erlöse uns von dem Wohlstand›.»

Mit einem Fossil dieser Art ist nicht zu diskutieren, und so brach der Sekretär das Gespräch ab:

«Don Camillo, Sie verweigern also den Gehorsam.»

«Nein. Seine Exzellenz der Bischof möge uns den Befehl erteilen, den Kirchplatz in einen Parkplatz umzuwandeln, und wir werden gehorchen, obwohl das Konzil festgelegt hat, daß die Kirche Christi eine Kirche der Armen sein soll – und sich infolgedessen kaum um die Automobile der Gläubigen zu bekümmern hätte.»

Der Befehl kam natürlich nicht, aber das Schicksal richtete es so ein, daß der Sekretär des Bischofs noch einmal aufkreuzen mußte.

Pünktlich jeden Morgen schob der Smilzo die *Unità* unter der Tür des Pfarrhauses durch, worauf sie Don Camillo nicht weniger pünktlich, aber mit gerechtfertigter Reserve überflog. Eines Tages jedoch sprang Don Camillo auf wie von der Tarantel gestochen: Auf der dritten Seite sah er sich plötzlich der Fotografie eines Altars gegenüber, der von einem großen Kruzifix überragt wurde, sowie einer Detailaufnahme des gleichen Kruzifixes. Die Bilder waren aus einer Illustrierten reproduziert und deshalb nicht sehr deutlich; dennoch ließen sie

sussistere dubbio: si trattava dell'altare e del Cristo di don Camillo.

Don Camillo lesse in fretta l'articolo poi saltò sulla bicicletta e corse alla sua cappella clandestina.

«Signore!» ansimò mostrando al Cristo il giornale «c'è la vostra foto sull'*Unità*!»

«Vedo, don Camillo» rispose il Cristo. «Non è colpa mia.»

Era una storia straordinaria: roba che risaliva al 1944, quando un reparto di tedeschi s'era accantonato in paese. Fra essi c'era un ufficiale che, pur dovendo fare il guerriero, non aveva dimenticato d'essere un famoso professore di storia dell'arte. Il Cristo e certi particolari ornamentali dell'altare lo avevano colpito e li aveva fotografati con ogni possibile cura. Poi, tornato a casa, s'era studiate le fotografie scoprendo che si trattava d'una fra le migliori opere d'un celebre artista tedesco del 1400, specializzato in sculture sacre in legno dipinto.

Il tedesco, dopo ventidue anni era ritornato in Italia per fotografare con maggior cura e a colori le sculture, ma non aveva più trovato né l'altare né il Cristo. Allora aveva pubblicato la storia della sua scoperta su una importante rivista tedesca, illustrandola con alcune delle foto scattate nel '44. E l'*Unità* aveva riportato l'articolo e le foto. Sic et simpliciter: limitando il commento a poche parole: «Dov'è andato a finire quel povero Cristo? Come tanti poveri Cristi anche lui è stato costretto a emigrare?».

Altri giornali riportarono l'articolo della rivista tedesca facendo nascere una specie di scandaletto, sì che, un bel giorno, il segretario del vescovo piombò in canonica.

Era indignato e affrontò con impeto don Camillo:

«Reverendo, lei, dunque, non si stanca di combinarci dei guai! Dove sono il Cristo e l'altare di cui parlano i giornali?».

keinen Zweifel zu: Es handelte sich um den Altar und den Christus Don Camillos.

Don Camillo las rasch den Text, dann schwang er sich aufs Fahrrad und hastete zu seiner Kapelle hinaus.

«Herr!» keuchte er atemlos und streckte Christus die Zeitung entgegen. «Eure Fotografie ist in der *Unità*!»

«Das sehe ich», entgegnete Christus. «Es ist nicht meine Schuld.»

Es war eine ganz merkwürdige Geschichte, die auf das Jahr 1944 zurückging, als eine deutsche Abteilung sich im Dorf einquartiert hatte. Unter diesen Leuten war ein Offizier, der trotz des Krieges nicht vergessen hatte, daß er ein bekannter Professor der Kunstgeschichte war. Der gekreuzigte Christus und gewisse Ornamente des Altars waren ihm aufgefallen, und er hatte sie so sorgfältig wie möglich fotografiert. Nach Hause zurückgekehrt, hatte er dann die Bilder eingehend studiert und herausgefunden, daß es sich um eines der besten Werke eines berühmten deutschen Künstlers des 15. Jahrhunderts handelte, der auf bemalte kirchliche Holzskulpturen spezialisiert war. Jetzt, zweiundzwanzig Jahre später, war der Deutsche wieder nach Italien gekommen, um die Skulpturen genauer und farbig aufzunehmen, hatte aber weder den Altar noch den Christus wiedergefunden. Darauf hatte er die Geschichte von seiner Entdeckung samt einigen der Fotos aus dem Jahre 1944 in einer großen deutschen Illustrierten veröffentlicht, und die *Unità* hatte Bilder und Artikel übernommen, genauer gesagt, sie hatte den Kommentar auf wenige Worte beschränkt: «Wo ist dieser arme Christus hingeraten? Wurde auch er, wie so viele andere arme Christusse, zur Auswanderung gezwungen?»

Andere Zeitungen übernahmen den ganzen Artikel aus der deutschen Illustrierten und ließen einen kleinen Skandal daraus erwachsen, so daß eines schönen Tages der Sekretär des Bischofs im Pfarrhaus auftauchte.

Entrüstet fuhr er Don Camillo an:

«Hochwürden, Sie können es also nicht lassen, uns Scherereien zu machen! Wo sind der Christus und der Altar, von denen die Zeitungen berichten?»

«Voi ci avete ordinato di rimuovere tutto e tutto è stato rimosso» rispose don Camillo con calma. «Anzi, dappoiché noi non eseguivamo i vostri ordini con sufficiente sollecitudine, ci avete mandato un commissario politico per accelerare le operazioni.»

«Lei doveva farci presente che si trattava di una importante opera d'arte!» obiettò il segretario.

«Non lo sapevamo né potevamo nemmeno sospettarlo, data la nostra profonda ignoranza di povero parroco di campagna. Ad ogni buon conto, abbiamo messo al sicuro altare e crocifisso.»

«Meno male!» si rallegrò il segretario. «Ricuperi immediatamente altare e crocifisso. Li imballi con estrema cura e, non appena sarà tutto pronto, ci telefoni. Provvederemo a venirli a ritirare per portarli in vescovado dove troveranno degna sistemazione.»

Don Camillo abbassò il capo in segno di obbedienza.

«Signor sindaco . . .»

Peppone alzò il capo dalle sue scartoffie e, trovandosi davanti don Camillo, strinse i pugni.

«Che cosa vuole?» borbottò aggressivo.

«Desideravo comunicare al signor sindaco che ho ripensato all'idea del parcheggio» rispose don Camillo. «Può far togliere i colonnotti.»

Peppone lo guardò con diffidenza.

«Quando il prete ti regala un bottone,» disse «come minimo vuole in cambio un vestito completo. Quale sarebbe la contropartita?»

«Compagno sindaco,» spiegò umilmente don Camillo «vediamo che, da qualche anno, il suo Partito si occupa con grande amore e divozione dei piccoli e grandi problemi della Chiesa. Vorremmo semplicemente che lei e qualcuno dei suoi compagni fossero
88 presenti alla partenza del nostro prezioso crocifisso
89 che, dopo trecentocinquant'anni di onorevole servizio

«Ihr habt uns befohlen, alles zu entfernen, also haben wir alles entfernt», erwiderte Don Camillo, ohne die Ruhe zu verlieren. «Ihr habt uns ja sogar, da wir die Befehle nicht schnell genug ausführten, einen politischen Kommissar hergeschickt, um das Verfahren zu beschleunigen.»

«Sie hätten uns darauf aufmerksam machen müssen, daß es sich um ein bedeutendes Kunstwerk handelte!» wandte der Sekretär ein.

«Das wußten wir nicht, konnten es bei unserer Unwissenheit als armer Landpfarrer gar nicht ahnen. Auf alle Fälle haben wir Altar und Kruzifix vorsichtshalber in Sicherheit gebracht!»

«Um so besser», atmete der Sekretär auf. «Holen Sie Altar und Kruzifix sofort wieder her. Verpacken Sie beides mit größter Sorgfalt und rufen Sie uns an, sobald alles bereit ist. Wir sorgen dann dafür, daß es abgeholt und ins bischöfliche Palais gebracht wird, wo es würdig untergebracht werden soll.»

Don Camillo neigte das Haupt zum Zeichen des Gehorsams.

«Herr Bürgermeister...»

Peppone hob den Kopf von seinen Papieren und ballte, als er Don Camillo vor sich sah, die Fäuste.

«Was wollt Ihr?» brummte er unfreundlich.

«Ich wollte dem Herrn Bürgermeister nur mitteilen, daß ich mir die Sache mit dem Parkplatz nochmals überlegt habe», antwortete Don Camillo. «Ihr könnt die Pfosten wegnehmen lassen.»

Peppone starrte ihn mißtrauisch an.

«Wenn der Priester dir einen Knopf schenkt», zitierte er, «will er dafür mindestens einen ganzen Anzug. Was soll die Gegenleistung sein?»

«Genosse Bürgermeister», erklärte Don Camillo bescheiden, «wir sehen, daß Eure Partei sich seit einigen Jahren mit großer Liebe und Hingabe der kleinen und großen Pobleme der Kirche annimmt. Wir möchten nun nichts weiter, als daß Ihr und ein paar Eurer Genossen bei der Abreise unseres kostbaren Kruzifixes zugegen seid, das nach dreihundertfünfzig Jahren

nel nostro paese, si trasferisce in città dove lo attende un buon posto in vescovado.»

Peppone fece un balzo sulla sedia:

«Lei è matto, reverendo! Quel Cristo è un'opera d'arte che appartiene al paese e rimarrà in paese».

Don Camillo spalancò le braccia:

«La capisco, signor sindaco. Disgraziatamente io ancora non dipendo dal suo Partito ma dal mio vescovo. Pertanto dovrò consegnare al segretario del vescovo il crocifisso e l'altare. Io capisco che quel Cristo fa parte del più prezioso patrimonio artistico e spirituale del paese e il suo posto sarebbe quello che ha occupato per trecentocinquant'anni: sopra quell'altare davanti al quale anche lei si è appressato alla Santa Comunione e si è sposato.

Davanti al quale sua madre ha pregato quando lei era in guerra. Il povero vecchio parroco comprende tutto questo, ma non può che obbedire. E obbedirà a meno che qualcuno non glie lo impedisca con la violenza. Davanti alla violenza che mai può fare un povero vecchio parroco? Compagno sindaco, la prego: spieghi la mia angosciosa situazione ai suoi superiori e ne tenga nota lei stesso quando compilerà le mie note caratteristiche».

«Reverendo,» urlò Peppone «se lei crede che io sia disposta a lasciarmi prendere in giro, sbaglia!»

Peppone parlava sul serio e, la mattina dopo, il paese era tappezzato di grandi manifesti che denunciavano il tentato sopruso e terminavano con due righe a grossi caratteri: *«Il Cristo è nostro! Il Cristo non si tocca!»*.

Verso mezzogiorno don Camillo, che nor era rimasto minimamente turbato dalla presa di posizione di Peppone, si recò tranquillamente in bicicletta alla cappella clandestina nella vecchia casa sperduta fra i campi, ma l'aspettava una grossa sorpresa: i più duri

ehrwürdigen Dienstes in unserem Dorf nun in die Stadt zieht, wo ein gutes Plätzchen im Bischofspalast es erwartet.»

Peppone sprang vom Stuhl hoch:

«Seid Ihr verrückt, Hochwürden? Dieser Christus ist ein Kunstwerk, das der Gemeinde gehört und in der Gemeinde bleibt!»

Don Camillo hob hilflos die Arme:

«Ich verstehe Euch wohl, Herr Bürgermeister. Aber unglücklicherweise bin ich nicht Eurer Partei, sondern meinem Bischof zum Gehorsam verpflichtet. Und deshalb werde ich dem Sekretär des Bischofs das Kruzifix und den Altar übergeben müssen. Ich verstehe, daß dieser Christus ein Teil des kostbaren künstlerischen und geistigen Eigentums unseres Dorfes ist und daß sein Platz von Rechts wegen der sein müßte, den er dreihundertfünfzig Jahre lang innegehabt hat, nämlich über dem Altar, an dem auch Ihr die Heilige Kommunion empfangen habt, vor dem Ihr getraut worden seid und vor dem Eure Mutter gebetet hat, als Ihr im Kriege wart. Der arme alte Pfarrer versteht das alles durchaus, aber er kann nichts anderes als gehorchen. Und er wird auch gehorchen – das heißt: vorausgesetzt, daß nicht jemand ihn mit Gewalt daran hindert. Denn was kann ein armer alter Pfarrer gegen Gewalt ausrichten? Genosse Bürgermeister, ich bitte Euch: Erklärt Euren Vorgesetzten meine bedrängte Lage und berücksichtigt sie auch selber, wenn Ihr mein Führungszeugnis zusammenstellt.»

«Hochwürden», schrie Peppone, «wenn Ihr glaubt, ich hätte Lust, mich nasführen zu lassen, so irrt Ihr Euch!»

Peppone meinte es wirklich ernst; am folgenden Morgen war das Dorf mit großen Plakaten tapeziert, die die geplante Untat meldeten und mit zwei Zeilen in riesigen Lettern schlossen: *«Der Christus gehört uns! Hände weg vom Christus!»*

Gegen Mittag begab sich Don Camillo, der sich durch Peppones Meinungsäußerung nicht im geringsten stören ließ, mit seinem Fahrrad ruhig zu seiner privaten Kapelle bei dem alten Herrenhaus weit draußen in den Feldern. Dort erlebte er eine große Überraschung: Die allergröbsten Hau-

della squadraccia di Peppone si erano accampati nel grande giardino incolto e passavano il tempo ripulendolo dalle erbacce.

«Vi rendete conto che questa è proprietà privata e che io potrei denunciarvi per violazione di domicilio?» disse don Camillo al Brusco e al Bigio che comandavano il distaccamento.

«Sì, reverendo» rispose il Brusco.

«Posso entrare per imballare il Cristo e i pezzi dell'altare?» domandò don Camillo.

«Sì, può entrare però senza imballare niente. Lei fa il prete, non lo spedizioniere.»

«Non voglio aver grane coi sindacati» disse don Camillo tornandosene a casa.

La polemica divampò: i giornali dedicarono grande spazio al «Cristo conteso». Peppone scatenatissimo tenne dei comizi e «sguinzagliò» nella campagna il suo reparto propaganda.

Mai come in quell'occasione s'era visto un così completo accordo. D'un tratto, il paese si scrollò di dosso l'indifferenza e insorse. Era la rivolta della campagna contro la città che da sempre disprezza, sfrutta e tenta di uccidere la campagna.

Dimenticando ogni rivalità politica, tutto il paese si schierò compatto attorno al suo Cristo. Una specie di quadrato di Villafranca. Anche gli atei parlavano del loro Cristo e del patrimonio storico, artistico e spirituale che si tentava di rubare al paese.

Giorno e notte il giardino della vecchia casa sperduta fra i campi era pieno di gente. E, siccome don Camillo aveva dimenticato di chiudere a chiave la porta del palazzaccio, gli occupanti potevano dormire al coperto.

Una commissione mista composta dai rappresentanti di tutti i partiti e le associazioni, andò in città e si fece ricevere dal vescovo al quale Peppone esternò la rispettosa ma energica protesta della popolazione del comune.

degen aus Peppones Mannschaft hatten in dem ungepflegten Garten ein Lager aufgeschlagen und vertrieben sich die Zeit mit Unkrautjäten.

«Seid ihr euch bewußt, daß dies Privatbesitz ist und daß ich euch wegen Hausfriedensbruchs anzeigen könnte?» sagte Don Camillo zu Brusco und Bigio, den beiden Anführern der Abteilung.

«Jawohl, Hochwürden», antwortete Brusco.

«Kann ich eintreten, um den Christus und die Altarteile zu verpacken?» erkundigte sich Don Camillo.

«Jawohl, eintreten könnt Ihr, aber verpackt wird nichts. Ihr seid Priester und nicht Spediteur.»

«Mit den Gewerkschaften will ich natürlich keine Scherereien haben», sagte Don Camillo und kehrte um.

Die Polemik schlug hohe Wellen: Die Zeitungen räumten dem «umkämpften Christus» eine Menge Platz ein. Der entfesselte Peppone hielt Volksversammlungen ab und hetzte seine Propaganda-Abteilung in den Feldzug.

Nie hatte man eine so vollkommene Übereinstimmung erlebt wie bei dieser Gelegenheit. Mit einemmal schüttelte das Dorf seine Gleichgültigkeit ab und erhob sich. Es war der Aufstand des Dorfes gegen die Stadt, die das Land seit jeher verachtet, ausbeutet und zu erdrosseln versucht.

Jede politische Rivalität vergessend, scharte sich das ganze Dorf einmütig um seinen Christus. Selbst die Atheisten sprachen von «ihrem» Christus und von dem historischen, künstlerischen und geistigen Gut, das man dem Dorfe zu rauben versuchte.

Tag und Nacht war der Garten des alten Herrenhauses draußen in den Feldern voller Leute. Und da Don Camillo vergessen hatte, die Tür des Haupthauses mit dem Riegel zu verschließen, konnten die Besetzer sogar unter Dach schlafen.

Eine gemischte Kommission, die sich aus Vertretern aller Parteien und Vereinigungen zusammensetzte, ging in die Stadt und ließ sich vom Bischof empfangen; Peppone überreicht ihm den respektvollen, aber energischen Protest der Gemeindebürger.

Il vescovo ascoltò attentamente poi spalancò le braccia sorridendo.

«È soltanto un equivoco» disse. «Niente impedisce che, pure celebrandosi la santa Messa con nuovo rito, l'altare, dato il suo eccezionale valore artistico e spirituale, possa tornare completo là dove è sempre stato. Sempre che il parroco non abbia particolari e valide ragioni per opporsi. A lui, e soltanto a lui, spetta quindi la decisione.»

Quando la commissione andò a riferire a don Camillo ciò che aveva detto il vescovo, don Camillo rispose umilmente:

«Siamo qui per obbedire agli ordini di sua eccellenza il vescovo».

Era una dolce mattina d'autunno e l'aria e i campi erano tutta polvere d'oro.

Durante la notte, una squadra di volontari aveva ricollocato l'altare là dove era stato per secoli e ora la gente del comune – tutti, vecchi, giovani, donne e uomini nessuno escluso – attendeva distesa in due interminabili file ai margini della strada che portava al vecchio palazzo solitario.

Uscì dal cancello la banda e la voce degli ottoni riempì i campi dorati. Dietro la banda, un miliardo di bambini, dietro ai bambini don Camillo che reggeva il grande Cristo crocifisso e avanzava con passo lento e sicuro. Dietro, il gonfalone del comune e poi Peppone col sottopancia tricolore, seguito da tutta l'amministrazione comunale.

Via via che il corteo avanzava, la gente ai lati della strada si accodava.

Il grande crocifisso di legno era pesante e la cinghia della tasca di cuoio che reggeva il piede della croce segava le spalle a don Camillo. E la strada era lunga.

«Signore,» sussurrò don Camillo a un certo punto «prima che mi si spacchi il cuore vorrei poter arrivare in chiesa e rivedervi, là, sull'altare.»

Der Bischof hörte ihm aufmerksam zu, dann breitete er lächelnd die Arme aus.

«Es ist nur ein Mißverständnis», sagte er. «Nichts steht dem entgegen, daß der Altar, auch wenn die heilige Messe nach dem neuen Ritus zelebriert wird, angesichts seines außerordentlichen künstlerischen und geistigen Wertes mit allem Zubehör dorthin zurückkehren kann, wo er immer gewesen ist. Allerdings vorausgesetzt, daß der Pfarrer keine besonderen triftigen Gründe hat, sich dem zu widersetzen. Ihm und nur ihm steht also die Entscheidung zu.»

Als die Kommission Don Camillo berichtete, was der Bischof gesagt hatte, antwortete er demütig:

«Wir sind hier, um den Anordnungen Seiner Exzellenz des Bischofs zu gehorchen.»

Es war ein milder Herbstmorgen, und die Luft und die Felder schimmerten wie Goldstaub.

In der Nacht hatte eine freiwillige Mannschaft den Altar wieder dort hingestellt, wo er jahrhundertelang gestanden hatte, und jetzt warteten die Menschen aus der ganzen Gemeinde – alle, alt und jung, Männer und Frauen, ohne jede Ausnahme – in zwei endlosen Reihen links und rechts der Straße, die zu dem alten, einsamen Herrenhaus führte.

Aus dem Tor kam die Dorfmusik, und der Klang der Blasinstrumente erfüllte die Luft über den goldenen Feldern. Hinter der Musik ungefähr eine Milliarde Kinder, hinter den Kindern Don Camillo, der den großen gekreuzigten Christus trug und mit langsamen, festen Schritten vorrückte. Dahinter die Gemeindefahne und dann Peppone mit grün-weiß-roter Bauchbinde, gefolgt von der gesamten Gemeindeverwaltung.

Während der Zug sich vorwärtsbewegte, schlossen sich die Leute an der Straße fortlaufend hinten an.

Das große hölzerne Kreuz war schwer, und der Riemen der Ledertasche, in der der Fuß des Kruzifixes ruhte, schnitt Don Camillo in die Schulter. Und die Straße war lang.

«Herr», flüsterte Don Camillo einmal, «bevor mein Herz aussetzt, möchte ich in die Kirche gelangen und Euch wieder dort überm Altar sehen.»

«Ci arriveremo, don Camillo, ci arriveremo» rispose il Cristo che ora pareva a tutti più bello.

E arrivarono.

I vecchi parroci, anche quelli col cuore tenero, hanno le ossa dure e per questo la Chiesa di Cristo che grava tutta sulle loro spalle resiste a tutte le bufere.

*Deo gratias.*

«Wir werden hingelangen, Don Camillo, wir werden hingelangen«, antwortete Christus, den jetzt alle so schön fanden.

Und sie gelangten hin.

Alte Pfarrer, auch die mit einem weichen Herzen, haben harte Knochen, und darum kann die Kirche Christi, die ganz auf ihren Schultern lastet, allen Stürmen trotzen.

*Deo gratias.*

Il territorio del comune arrivava, dalla parte di mezzogiorno, fino allo Stivone, un torrente da quattro soldi ma che correva tra due alti argini perché andava a buttarsi nel grande fiume e, durante le piene, c'era il grave pericolo del rigurgito.

Dall'altra riva del torrente incominciava il territorio del comune di Castelpiano e, in linea d'aria, tra il nostro borgo e quello di Castelpiano c'erano sette chilometri. Però, se uno voleva arrivarci per via di terra, doveva sciropparsi quasi dodici chilometri.

Guardando la faccenda dall'alto, ci si rendeva conto facilmente che la prima idea di chi, *temporibus illis*, aveva aperto la strada, era stata appunto quella di unire i due centri con un gran rettifilo. E difatti la strada, partita da Castelpiano, proseguiva per ben tre chilometri puntando decisa alla meta. Senonché, dopo questi tremila metri, la strada svoltava a sinistra e poi a destra e poi ancora a sinistra e via discorrendo, perdendosi in una tale schifezza di curve e controcurve da compiere in otto chilometri un percorso che poteva – a regola di logica – esser compiuto soltanto in tre.

Arrivata al Fabbricone, la strada smetteva di far la matta, e allineatasi sui primi tre chilometri, percorreva gli ultimi mille metri e arrivava rinsavita alla meta.

Naturalmente esisteva un antichissimo progetto di rettifica: un progetto elementare che, dal punto di vista della spesa, rimaneva ampiamente nei limiti del possibile. Si trattava semplicemente di aprire tre chilometri di strada e di costruire un ponte sullo Stivone, a Casalta.

## *Das Gasthaus*

Von Süden her reichte das Gebiet der Gemeinde bis zum Stivone, einem unbedeutenden Nebenflüßchen, das jedoch zwischen zwei hohen Dämmen dahinlief, weil es in den großen Fluß mündete und während des Hochwassers die Rückstauung gefährlich werden konnte.

Am anderen Ufer des Stivone fing das Gebiet der Gemeinde Castelpiano an, und in der Luftlinie waren es zwischen unserem Weiler und dem von Castelpiano ganze sieben Kilometer. Wollte man allerdings auf der Erde von einem zum anderen gelangen, mußte man wohl oder übel fast zwölf Kilometer in Kauf nehmen.

Wenn man die ganze Angelegenheit von oben betrachtete, so erkannte man mühelos, daß der erste Gedanke desjenigen, der «in jenen Zeiten» die Straße angelegt hatte, durchaus der gewesen war, die beiden Ortschaften durch eine gradlinige Straße miteinander zu verbinden. Und tatsächlich lief die Straße von Castelpiano aus denn auch gut und gern drei Kilometer lang entschlossen auf ihr Ziel zu. Aber nach diesen dreitausend Metern schwenkte sie nach links, dann nach rechts, dann wieder nach links und so weiter – sie verlor sich in einem solchen Wust von Kurven und Gegenkurven, daß sie acht Kilometer für eine Strecke brauchte, die nach allen Regeln der Vernunft in dreien hätte zurückgelegt werden können.

Von da an hörte die Straße auf, verrückt zu spielen, wurde gerade wie bei den ersten drei Kilometern, durchlief so den letzten Teil der Strecke und erreichte ganz vernünftig ihr Ziel.

Natürlich gab es seit langem ein Projekt, sie zu begradigen: einen einfachen Plan, dessen Kosten sogar durchaus im Rahmen des Möglichen standen. Es ging lediglich darum, drei Kilometer Straße zu bahnen und in Casalta eine Brücke über den Stivone zu bauen.

Il progetto, che per un sacco d'anni aveva servito semplicemente da argomento per la propaganda elettorale, nel 1933 era stato messo finalmente in atto: il ponte era stato studiato in ogni suo particolare e il tracciato della rettifica era stato regolarmente picchettato.

E dal picchettamento era risultato che, passato il nuovo ponte sullo Stivone, la strada sarebbe passata a tre metri precisi dalla facciata della casa colonica del Folini.

Il Folini aveva allora quarant'anni e, aiutato soltanto dalla moglie, conduceva le quindici biolche di terra di Casalta: era un lavoro da ammazzarsi e il Folini, che non ne poteva più e che vedeva la sua donna consumarsi come una candela, appena ebbe visti i picchetti piantati attraverso i suoi capi dai geometri e quando ebbe ricevuto, dalla pubblicazione del progetto definitivo, conferma che la strada sarebbe passata davanti a casa sua, non ci pensò sopra neanche un minuto: si tenne la casa e una fetta di area fabbricabile da tutt'e due i lati della futura strada, e vendette il resto.

«È arrivato il nostro momento,» spiegò alla moglie. «Arrangiamo per bene la casa e ne tiriamo fuori una trattoria in gamba. L'area fabbricabile lungo la strada rimane nostra, così evitiamo che qualcuno apra vicino a noi un'altra trattoria per farci concorrenza. Tutto il traffico, appena finita la rettifica, passerà di qui: il mercato di Castelpiano è il più importante della zona e noi potremo vivere senza doverci scannare.»

Anche alla donna l'idea di aprire una trattoria faceva gola parecchio: liquidato tutto quello che c'era da liquidare, il Folini e la moglie incominciarono la trasformazione della casa. Il padre della donna era muratore: da qualche tempo non lavorava più perché aveva passato i sessanta ma, dato il caso speciale,
100 riprese la cazzuola: lo Stivone stava lì a due passi per
101 la sabbia e la ghiaia e il Folini s'era tenuto il cavallo e il

Das Projekt, das mehrere Jahre lang höchstens als Argument für die Wahlpropaganda gedient hatte, war 1933 endlich in Angriff genommen worden: die Baupläne für die Brücke waren bis in alle Einzelheiten fertig, und die zur Begradigung vorgesehene Strecke war vorschriftsmäßig abgesteckt worden.

Nach dem Abstecken hatte sich herausgestellt, daß die Straße, wenn sie die neue Brücke über den Stivone hinter sich gelassen hatte, genau drei Meter vor der Hausfront des Bauern Folini vorbeiführen würde.

Folini war zu jener Zeit vierzig Jahre alt, und nur mit Hilfe seiner Frau bearbeitete er ein großes Stück Land bei Casalta. Es war eine mühselige Plackerei, und Folini fiel sie immer schwerer; außerdem sah er, wie seine Frau sich wie eine Kerze verbrauchte. Kaum hatte er nun die Absteckpflöcke gesehen, die die Geometer quer durch seine Äcker aufgepflanzt hatten, und aus der Veröffentlichung des endgültigen Projekts die Bestätigung entnommen, daß die Straße vor seinem Haus verlaufen werde, zögerte er keinen Augenblick. Er behielt das Haus und einen Streifen Baugrund zu beiden Seiten der künftigen Straße und verkaufte den Rest.

«Das ist unsere Chance», erklärte er der Frau: «Wir bringen das Haus anständig in Ordnung und stellen ein Gasthaus auf die Beine. Der Baugrund entlang der Straße bleibt uns, so verhindern wir, daß jemand in unserer Nähe ein anderes Gasthaus eröffnet, um uns Konkurrenz zu machen. Wenn die Straße erst einmal begradigt ist, kommt der ganze Verkehr hier vorbei: Der Markt in Castelpiano ist der wichtigste im ganzen Gebiet, und wir werden unser Auskommen haben, ohne uns umzubringen.»

Auch die Frau lockte der Gedanke sehr, ein Gasthaus zu eröffnen, und nachdem sie alles aufgelöst hatten, was es aufzulösen gab, machten Folini und seine Frau sich daran, das Haus umzugestalten. Der Vater der Frau war Maurer; seit einiger Zeit arbeitete er nicht mehr, da er die sechzig überschritten hatte, aber in diesem speziellen Fall griff er doch wieder zur Kelle. Der Stivone war nur zwei Schritte entfernt und lieferte Sand und Kies, und Folini hatte das Pferd und den Karren

carretto. Aiutato dalla figlia e dal genero che funzionavano da manovali, il vecchio si mise all'opera.

Ci impiegarono più d'un anno per sistemare la faccenda, ma la cosa riuscì bene parecchio. E, quando anche i serramenti, il mobilio, la cucina, la cantina, eccetera, furono a posto, il Folini impostò il problema più importante:

«Come la chiamiamo?»

Il vecchio non aveva idee in proposito ma, sollecitato, suggerì di chiamarla «Trattoria Garibaldi».

La moglie del Folini bocciò la proposta perché non voleva che all'impresa fosse mischiata la politica. Per lei «Cucina casalinga» sarebbe andato perfettamente.

Il Folini era difficile da accontentare e don Camillo che, in tenuta da cacciatore, era arrivato lì Dio sa come, trovò i tre a discutere animatamente.

«Litigate?» domandò.

«No, stiamo cercando il nome.»

«Che nome?»

«Il nome del locale.»

Don Camillo non sapeva niente e allora, dopo aver ottenuta l'assicurazione che non ne avrebbe parlato ad anima viva, i Folini gli fecero visitare la casa.

«Reverendo, non vi pare una bella idea?» disse alla fine il Folini.

«Bella idea certamente,» borbottò don Camillo. «Però, io avrei incominciato una volta fatta la strada.»

«La faranno, è questione di mesi,» replicò il Folini. «E allora sarà un colpo grosso.»

Correva l'anno 1934: nel 1939 il padre della moglie del Folini morì senza aver avuto la consolazione di vedere incominciati i lavori della nuova strada. Nessuno l'aveva più in mente, la rettifica.

Poi scoppiò la guerra e i Folini non ebbero più neppure il coraggio di pensare che la rettifica potesse essere iniziata della fine del flagello.

behalten. Der Alte machte sich an die Arbeit, Tochter und Schwiegersohn fungierten als Handlanger.

Mehr als ein Jahr verwendeten sie dafür, alles baulich in Ordnung zu bringen, aber es lohnte sich. Als dann auch Fenster und Türen, Möbel, Küche, Keller und so weiter an ihrem Platz waren, warf Folini das wichtigste Problem auf:

«Wie soll es heißen?»

Der Alte hatte noch keine Vorstellung, aber unter dem Eindruck der Ereignisse schlug er dann vor, es «Gasthaus Garibaldi» zu nennen.

Frau Folini wies den Vorschlag zurück, da sie das Unternehmen nicht mit der Politik vermengt sehen wollte. Für sie wäre «Küche nach Hausfrauenart» vollkommen ausreichend gewesen.

Folini war nicht leicht zufriedenzustellen, und Don Camillo, der in Jagdausrüstung und auf Gott weiß welchen Wegen dorthin geraten war, fand die drei angeregt debattierend vor.

«Streitet ihr euch?» erkundigte er sich.

«Nein, wir suchen den Namen.»

«Welchen Namen?»

«Den Namen des Lokals.»

Don Camillo wußte von nichts, und dann, nachdem die Folinis die Zusicherung bekommen hatten, daß er mit keiner lebenden Seele darüber sprechen werde, ließen sie ihn das Haus besichtigen.

«Hochwürden, gefällt Ihnen die Idee nicht auch?» sagte Folini am Ende.

«Eine schöne Idee, gewiß», brummte Don Camillo. «Aber ich hätte erst damit angefangen, wenn die Straße fertig ist.»

«Sie machen die Straße, es ist nur eine Frage von Monaten», entgegnete Folini, «und dann ist das hier ein Schlager.»

Das Jahr 1934 ging dahin. 1939 starb Frau Folinis Vater, ohne die Freude erlebt zu haben, daß mit den Arbeiten an der neuen Straße begonnen worden wäre. Niemand dachte mehr an die Begradigung.

Dann brach der Krieg aus, und nicht einmal die Folinis hatten noch den Mut, daran zu denken, daß die Begradigung vor dem Ende des Unglücks begonnen werden könnte.

«Bisognerà aver pazienza,» diceva il Folini, «finita la guerra ogni cosa andrà al suo posto.»

Intanto già da parecchi anni il Folini, finiti i soldarelli, si arrangiava come bracciante. Tutte le mattine andava al lavoro e, prima di mettersi in cammino attraverso i campi, diceva alla moglie:

«Mi raccomando.»

«Non ci pensare,» rispondeva la donna.

E, partito il marito, incominciava a spazzare e lucidare e spolverare.

Il fatto che la *Trattoria del Sole* sorgesse in mezzo a una boscaglia, nel posto più desolato e deserto della terra non aveva nessuna importanza. La strada non c'era ma l'avrebbero fatta finita la guerra, e allora ogni cosa doveva essere perfettamente a posto.

Ful si inabissò dentro un macchione di gaggie e don Camillo lo seguì schiantando i rami come un carro armato.

Dopo un lungo e faticoso andare, don Camillo sbucò in una radura. Una fascia di tappeto verde e soffice. Un rettangolo esattamente squadrato, con una linda casetta verso il mezzo d'uno dei lati lunghi.

S'incamminò verso la casa e un vecchio dai baffi bianchi apparve e gli venne incontro.

«Guarda un po', Folini! Vi credevo morto chi sa dove. Come mai non vi siete mai più fatto vedere in chiesa? Eppure eravate un buon cristiano.»

«Lo sono ancora, reverendo. Ma non ho un minuto di tempo.»

«E cosa fate di bello?»

«Lavoro un po' dappertutto e il poco tempo che mi resta me lo porta via l'esercizio. Bisogna pure che dia una mano a quella poveretta di mia moglie.»

Don Camillo guardò perplesso il Folini.

«Non capisco bene di che esercizio parlate.»

104 «La trattoria,» spiegò il Folini.

105 Erano arrivati alla casa che aveva sul davanti un bel

«Wir werden Geduld haben müssen», sagte Folini. «Ist der Krieg erst einmal zu Ende, wird alles ins Lot kommen.»

Folini brachte sich schon seit Jahren als Taglöhner durch, denn sein Geld war längst aufgebraucht. Jeden Morgen ging er zur Arbeit, und bevor er sich auf den Weg über die Felder machte, sagte er zur Frau:

«Ich verlasse mich auf dich.»

«Mach dir keine Sorgen», gab die Frau zur Antwort.

Und nachdem ihr Mann verschwunden war, fing sie an zu fegen, zu polieren und abzustauben.

Die Tatsache, daß das «Gasthaus zur Sonne» mitten in einer Waldung, an der trostlosesten und verlassensten Stelle der Erde erstanden war, hatte keine Bedeutung. Die Straße war nicht vorhanden, aber nach dem Krieg würde man sie anlegen, und dann mußte alles bestens vorbereitet sein.

Der Hund Ful stürzte sich in einen Akazienwald, Don Camillo folgte ihm und brach, einem Panzerwagen gleich, durch das Gezweig.

Nach einem langen, ermüdenden Marsch trat Don Camillo auf eine Lichtung hinaus, auf einen grünen, weichen Teppich. Es war ein vollkommenes Rechteck, und etwa in der Mitte der einen Längs-Seite stand ein schmuckes Häuschen.

Er ging darauf zu, und ein alter Mann mit weißem Schnurrbart trat heraus und kam ihm entgegen.

«Sieh mal einer an, Folini! Ich dachte, du seist irgendwo gestorben. Wieso hast du dich nie mehr in der Kirche blicken lassen? Dabei warst du doch ein guter Christ!»

«Das bin ich noch immer, Hochwürden. Aber ich habe keine Minute Zeit.»

«Und was machst du Schönes?»

«Arbeit, wohin man blickt, und das bißchen Zeit, das mir bleibt, brauche ich für den Betrieb. Schließlich muß ich ja meiner armen Frau zur Hand gehen.»

Don Camillo sah Folini verblüfft an.

«Ich weiß nicht recht, was für einen Betrieb du meinst.»

«Das Gasthaus», erläuterte Folini.

Sie waren beim Haus angelangt, an dessen Vorderseite eine

pergolato con sotto le tavole e le panche pitturate di verde.

«Reverendo, vi ricordate quando vi ho mostrato il locale vent'anni fa? Guardate un po' adesso!»

Don Camillo seguì il Folini e si trovò in una bella sala pitturata di fresco con un alto zoccolo di legno lucido tutt'attorno alle pareti, le tendine a scacchi bianchi e rossi alle finestre, i tavolini ben disposti e, su ognuno di essi, un vasetto di fiori di campo.

Dirimpetto all'entrata era un grande banco dietro al quale stava una scansia piena di bottiglie.

«Non avete l'idea dei sacrifici che ci è costato, ma non bisogna lasciarsi superare dai tempi se si vuol andare avanti. Adesso la gente esige cose semplici, allegre, moderne. Ho già pronto anche tutto l'impianto elettrico compreso il ventilatore e l'aspiratore per il fumo: quando faranno la strada metteranno di sicuro la linea e così io non avrò che da allacciarmi.»

Passarono in cucina.

«Vedete reverendo? Mattonelle bianche, cucina economica e cucina a bombola di gas. E anche il suo bravo frigorifero elettrico. Ho già pagato cinque rate. È dura ma ce la caverò.»

Apparve una vecchia piccola e un po' curva, con un fazzoletto sui capelli e un candido grembiale davanti.

«Avete visto, reverendo?» disse la vecchia. – «E del gioco delle bocce cosa ve ne pare?»

Uscirono: dietro la casa vi era un ampio giardino con un grande pergolato e con due giochi di bocce affiancati, lisci come biliardi.

«Sono vent'anni che ci sacrifichiamo,» spiegò il Folini, «ma c'è la soddisfazione di avere un locale che non ha concorrenti in tutta la zona. Se mi va bene un certo affaretto e prendo la mediazione, metteremo qui fuori tutta l'illuminazione con quei tubi bianchi moderni che fanno una luce meravigliosa e consumano metà delle altre lampade.»

schöne Pergola angelegt war, unter der Tische und grün gestrichene Bänke standen.

«Hochwürden, erinnert Ihr Euch, als ich Euch das Lokal vor zwanzig Jahren zeigte? Jetzt sollt Ihr mal etwas sehen!»

Don Camillo folgte Folini und stand gleich darauf in einem schönen, mit Fresken ausgemalten Saal mit einem hohen Getäfer aus glänzendem Holz rings an allen Wänden, rot-weiß karierte Gardinen an den Fenstern, schön verteilte Tischchen – auf jedem stand eine kleine Vase mit Wiesenblumen.

Dem Eingang gegenüber stand ein großer Schanktisch, dahinter ein Regal voller Flaschen.

«Ihr könnt Euch nicht vorstellen, welche Opfer uns das alles gekostet hat, aber man darf sich nicht von den Zeiten überrollen lassen, wenn man vorwärts kommen will. Heutzutage verlangen die Leute einfache, heitere, moderne Sachen. Ich habe auch schon die ganze elektrische Anlage mit Ventilator und Rauchentlüfter soweit fertig; wenn sie die Straße machen, legen sie bestimmt auch die Leitung, und so brauche ich nichts anderes mehr zu tun, als mich anzuschließen.»

Sie gingen in die Küche.

«Seht Ihr, Hochwürden? Weiße Kacheln, Herd für Holzfeuerung und Herd mit Gasflasche. Und da ist auch schon der elektrische Kühlschrank. Ich habe schon fünf Raten bezahlt. Es ist hart, aber das holen wir wieder raus.»

Eine kleine, etwas gekrümmte alte Frau erschien, mit einem Kopftüchlein auf den Haaren und mit schneeweißer Schürze.

«Habt Ihr alles gesehen, Hochwürden?» sagte die Alte. «Was haltet Ihr von den Boccia-Bahnen?»

Sie traten ins Freie: Hinterm Haus war ein ausgedehnter Garten mit großer Pergola und zwei Boccia-Bahnen nebeneinander, mit Kugeln blank wie Billardbälle.

«Seit zwanzig Jahren opfern wir uns auf», erklärte Folini, «aber wenigstens haben wir die Genugtuung, ein Lokal zu haben, das in der ganzen Gegend konkurrenzlos ist. Wenn mir eine kleine Spekulation glückt und ich genug dabei verdiene, bringen wir hier draußen eine Beleuchtung mit diesen weißen, modernen Röhren an, die ein herrliches Licht geben und halb so viel verbrauchen wie die anderen Lampen.»

«Prima delle lampade bianche,» esclamò severamente la vecchina, «devi sistemare il pozzo. Quello sì che è necessario!»

«Bella roba!» ridacchiò il Folini, «il pozzo è fatto, la pompa funziona, mancano soltanto il serbatoio e la conduttura fino alla cucina, al lavandino e al gabinetto di decenza.»

Si rivolse a don Camillo:

«Ne avremo uno di quelli moderni, di smalto bianco e con l'acqua, all'inglese. Se si vuol lavorare bisogna fare così.»

«Reverendo, accomodatevi» disse la vecchia. «Preferite un bicchiere di vino bianco o rosso?

«Abbiamo del vino di vent'anni,» spiegò trionfalmente il vecchio. «Non lo trovate da nessuna parte.»

«Grazie, niente vino. Soltanto un bicchiere d'acqua.»

La vecchia si allontanò e don Camillo si sedette a un tavolo sotto il pergolato. Non sapeva cosa dire. Anzi non sapeva neppure se fosse opportuno o meno parlare.

«Folini,» disse alla fine, «è bellissimo tutto quello che mi avete fatto vedere. Però io, se fossi in voi, adesso lascerei le cose come stanno e riprenderei quando fossero incominciati i lavori della nuova strada.»

Il Folini fece segno di no scuotendo la testa:

«In commercio bisogna essere come a caccia: sempre col fucile carico, pronto a sparare. Il giorno in cui cominciano i lavori noi dobbiamo essere in grado di aprire l'esercizio. Così ci facciamo subito dei clienti con gli operai della strada, con gli ingegneri del ponte e via discorrendo.»

Don Camillo sospirò:

«Folini, ragionate un momentino. Sono vent'anni che voi e vostra moglie state dando il sangue per questa trattoria. E da vent'anni voi aspettate inutilmente che incomincino i lavori della strada. Folini: e se non li incominciassero mai?»

«Noch vor den weißen Lampen», warf die Alte streng ein, «mußt du den Brunnen in Ordnung bringen. Das ist wirklich nötig!»

«Was du nicht sagst», feixte Folini, «der Brunnen ist längst gemacht, die Pumpe arbeitet, und es fehlen nur noch der Tank und die Leitung bis zur Küche, zum Waschraum und zur Toilette.»

Er wandte sich Don Camillo zu:

«Wir kriegen eine von diesen modernen aus weißer Emaille und mit Wasserspülung, nach dem englischen System. Wenn man es zu etwas bringen will, muß man es so machen.»

«Hochwürden, bitte nehmt doch Platz», sagte die Alte. «Hättet Ihr lieber ein Glas Weißwein oder Rotwein?»

«Wir haben Wein, der zwanzig Jahre alt ist», erklärte der Alte stolz. «Solchen findet Ihr sonst nirgends.»

«Danke, keinen Wein. Nur ein Glas Wasser.»

Die Alte ging ins Haus, und Don Camillo setzte sich an einen Tisch unter der Pergola. Er wußte nicht, was er sagen sollte. Überdies wußte er auch nicht, ob es überhaupt angebracht war, etwas zu sagen.

«Folini», meinte er schließlich, «alles, was du mir hier gezeigt hast, ist wunderschön. Aber ich an deiner Stelle würde die Dinge jetzt so lassen wie sie sind und erst wieder anfangen, wenn die Arbeiten an der neuen Straße in Gang gekommen sind.»

Folini schüttelte verneinend den Kopf:

«Im Geschäft muß man es machen wie auf der Jagd: immer mit geladenem Gewehr, immer schießbereit. An dem Tag, an dem die Arbeiten anfangen, müssen wir in der Lage sein, den Betrieb zu eröffnen. So bekommen wir sofort Kundschaft unter den Straßenarbeitern, den Brückenbau-Ingenieuren und so weiter.»

Don Camillo seufzte:

«Folini, rede doch einmal vernünftig: Seit zwanzig Jahren reiben du und deine Frau euch für dieses Gasthaus auf. Und seit zwanzig Jahren hofft ihr vergebens, daß die Arbeiten an der Straße anfangen. Folini: und wenn sie überhaupt nicht anfangen?»

La vecchia era arrivate, silenziosa come un'ombra: depose davanti a don Camillo il vassoio di ottone luccicante con la brocca piena d'acqua fresca e il bicchiere.

«Reverendo» disse la vecchia «l'importante è aver fede. Noi non chiediamo niente di impossibile. Se fanno le strade bucando le montagne, perché non dovrebbero fare tre chilometri di strada attraverso i campi? Se in questi vent'anni ci fossimo messi a sbadilare, io e il mio uomo l'avremmo già fatta noi da soli questa benedetta strada. Noi siamo sicuri che la Divina Provvidenza ci aiuterà e fra poco incominceranno i lavori della strada. Non è vero?»

«Sicurissimo!» esclamò con vivacità il vecchio al quale era rivolta l'ultima domanda. «Ormai è questione di mesi, al massimo!»

Don Camillo bevve la sua acqua e si alzò.

«Aspettate, reverendo, vi vado a cogliere quattro pere» disse il Folini. «Un minuto soltanto.»

Quando il vecchio si fu allontanato, la donna si appressò a don Camillo:

«Per l'amor di Dio, reverendo» sussurrò «non gli mettete dei dubbi a quel poveruomo. Sono vent'anni che vive soltanto per la sua trattoria. Non me lo fate morire di crepacuore.»

La vecchia disparve silenziosa e poco dopo arrivò il Folini col cestello delle pere.

Uscirono assieme nella radura soffice e verde, camminarono in silenzio fino all'inizio del sentiero nella boscaglia di gaggìe:

«Reverendo» sussurrò il Folini «non vi fate più sentire a parlare così. Quella poveretta vive soltanto nella speranza che facciano la strada. Non avvelenatele l'anima.»

«Gesù» esclamò impetuosamente don Camillo quando fu davanti al Cristo dell'altar maggiore «volete vedere l'uomo più cretino del mondo?»

Still wie ein Schatten war die Alte hinzugekommen. Sie stellte das Tablett aus leuchtendem Messing mit dem bis oben mit frischem Wasser gefüllten Krug und dem Glas vor Don Camillo hin.

«Hochwürden», sagte die Alte, «was zählt, ist der Glaube. Wir verlangen nichts Unmögliches. Wenn sie Straßen anlegen und dabei die Berge durchbohren, warum sollten sie da nicht drei Kilometer Straße durch die Felder anlegen? Wenn wir in diesen zwanzig Jahren angefangen hätten, die Lust zu verlieren, ich und mein Mann, dann hätten wir es längst wegen dieser verfluchten Straße getan. Wir sind sicher, daß uns die göttliche Vorsehung helfen wird, und daß man bald mit den Arbeiten an der Straße anfangen wird. Nicht wahr, Folini?»

«Natürlich ist das wahr», rief der Alte lebhaft, an den die letzte Frage gerichtet gewesen war. «Jetzt ist es nur noch eine Frage von Monaten, allerhöchstens!»

Don Camillo trank sein Wasser und erhob sich.

«Wartet, Hochwürden, ich gehe schnell ein paar Birnen für Euch pflücken», sagte Folini. «Nur eine Minute!»

Als der Alte sich entfernt hatte, trat die Frau an Don Camillo heran.

«Um Himmelswillen, Hochwürden», flüsterte sie ihm zu, «weckt keine Zweifel in diesem armen Kerl. Seit zwanzig Jahren lebt er nur für sein Gasthaus. Nicht, daß er mir noch vor Kummer stirbt!»

Die Alte verschwand still, und kurz darauf kam Folini mit dem Körbchen voller Birnen zurück.

Sie traten zusammen auf die weiche, grüne Lichtung hinaus und gingen schweigend bis an die Stelle, wo der Pfad im Akazienwald verschwand.

«Hochwürden», flüsterte Folini, «kommt nie wieder auf den Gedanken, so etwas zu sagen! Die Ärmste lebt nur von der Hoffnung, daß sie die Straße machen. Ihr dürft ihre Seele nicht verbittern.»

«Jesus», rief Don Camillo ungestüm, als er vor Christus am Hochaltar kniete, «willst du den einfältigsten Trottel der Welt sehen?»

Si pestò due manate sul petto e spiegò:

«Eccolo qui!»

«Chi si umilia sarà esaltato» rispose sorridendo il Cristo.

Don Camillo era furibondo:

«Gesù» implorò «fatemi una grazia. Mettetemi in condizioni di prendermi a calci da solo.»

«Non posso assecondare insani propositi di violenza. Non ti maltrattare, don Camillo. Ama il prossimo tuo come te stesso. Ama te stesso come il prossimo tuo.»

«No, Signore, io non posso amare un cretino come don Camillo!»

«Al contrario, don Camillo: amalo più d'ogni altro perché egli, che crede di insegnare la via della fede agli altri, talvolta esce di strada e non se ne avvede.»

Don Camillo protestò fieramente:

«Signore, sono stupido sì, ma la strada della fede la conosco bene!»

«Chi si esalta sarà umiliato, alla prima occasione spiegagli anche questo a don Camillo» sussurrò il Cristo.

A dire il vero, l'occasione non si fece aspettare: verso le cinque del pomeriggio, lo Smilzo venne ad appiccicare al muro della canonica un manifesto. Don Camillo se ne accorse subito e balzò fuori con intenti piuttosto bellicosi:

«*Cittadini*» incominciava il manifesto «*l'amministrazione democratica ha l'orgoglio di annunciarvi che una vostra grande aspirazione sta per diventare realtà. Domani avranno inizio i lavori per la rettifica della strada di Castelpiano ...*».

«Guarda e impara, pezzo di stupido!» esclamò don Camillo.

Lo Smilzo che s'era fermato a guardare a distanza prudenziale domandò:

Er schlug sich zweimal kräftig auf die Brust und erklärte:

«Da ist er!»

«Wer sich selbst erniedrigt, der wird erhöht werden», antwortete Christus lächelnd.

Don Camillo aber war wütend:

«Jesus», flehte er, «tu mir einen Gefallen und versetze mich in die Lage, mir selbst einen Fußtritt zu geben.»

«Törichte Bitten zur Ausübung von Gewalt kann ich nicht erhören. Quäle dich doch nicht, Don Camillo! Liebe deinen Nächsten wie dich selbst! Liebe dich selbst wie deinen Nächsten!»

«Nein, Herr, einen Idioten wie diesen Don Camillo kann ich nicht lieben!»

«Im Gegenteil, Don Camillo: Liebe ihn mehr als jeden anderen, denn er, der glaubt, die anderen den Weg des Glaubens zu lehren, kommt mitunter vom Weg ab und merkt es nicht einmal.»

Don Camillo protestierte stolz:

«Herr, dumm bin ich, das stimmt, aber den Weg des Glaubens kenne ich sehr wohl!»

«Wer sich selbst erhöht, der wird erniedrigt werden. Bei nächster Gelegenheit muß ich dem Don Camillo auch *das* beibringen», flüsterte Christus.

Um die Wahrheit zu sagen: die Gelegenheit ließ nicht auf sich warten. Am Nachmittag um fünf kam der Smilzo und klebte eine Bekanntmachung an die Mauer der Pfarrerwohnung. Don Camillo kam sofort herbeigelaufen, und seine Absichten waren eher kriegerischer Natur.

*«Bürger»*, begann die Bekanntmachung, *«die demokratische Verwaltung ist stolz, Euch ankündigen zu können, daß eines Eurer großen Anliegen demnächst verwirklicht wird. Morgen beginnen die Arbeiten zur Begradigung der Straße nach Castelpiano ...»*

«Sieh dir das an und lerne, du dummer Mensch», rief Don Camillo.

Der Smilzo, der in sicherer Entfernung stehengelieben war, fragte:

«Come dite, reverendo? C'è qualcosa che non vi va?»

«Non parlo con te.»

«*De gustibus non disputoribus*» affermò lo Smilzo risalendo in bicicletta. «C'è anche gente che si diverte a parlare da sola.»

«Gesù» disse don Camillo quando fu arrivato di corsa davanti all'altar maggiore. «Bisogna che io vada subito a portare quel manifesto ai Folini!»

«Non occorre» rispose il Cristo. «Essi non hanno mai avuto dubbi. Sempre hanno fermamente pensato che la strada sarebbe stata fatta. Ti hanno parlato a quel modo solo perché sapevano che tu non potevi credere in una fede così profonda. Sapevano che tu li avresti giudicati pazzi.»

Don Camillo abbassò il capo:

«Gesù» balbettò «in una cosa del genere, come si fa a capire se si tratta di fissazione o di fede nella Divina Provvidenza?»

«Son cose che non si possono capire ma si possono solo sentire. Impara a diffidare del buon senso, don Camillo. Molte volte esso è soltanto senso comune.»

Don Camillo si allontanò rattristato. Ma ben presto pensò alla radura verde in mezzo alla boscaglia di gaggìe. Pensò alla strada che avrebbe tagliato la boscaglia e la radura verde e si sentì il cuore leggero.

«Wie meint Ihr, Hochwürden? Ist irgendetwas nicht in Ordnung?»

«Ich rede nicht mir dir.»

*«De gustibus non disputoribus»*, behauptete Smilzo und bestieg wieder sein Fahrrad. «Es gibt auch Leute, denen es Spaß macht, mit sich selber zu reden.»

«Jesus», sagte Don Camillo, nachdem er im Laufschritt vor dem Hochaltar angekommen war, «ich muß den Folinis sofort diese Bekanntmachung bringen!»

«Nicht nötig», antwortete Christus. «Die haben nie gezweifelt. Sie haben immer fest geglaubt, daß die Straße angelegt wird. Zu dir haben sie nur deshalb so gesprochen, weil sie wußten, daß du dir keinen so tiefen Glauben vorstellen kannst. Sie wußten, daß du sie für verrückt erklärt hättest.»

Don Camillo senkte den Kopf.

«Jesus», stammelte er, «wie kann man in einer Angelegenheit wie dieser begreifen, ob es sich um eine fixe Idee oder um Vertrauen auf die göttliche Vorsehung handelt?»

«Das sind Dinge, die man nicht begreifen, sondern nur fühlen kann. Du mußt lernen, dem gesunden Menschenverstand zu mißtrauen, Don Camillo. Sehr oft ist er nichts anderes als Nichtverstehen.»

Don Camillo wandte sich betrübt ab. Sehr bald aber dachte er an die grüne Lichtung im Akazienwald. Er dachte an die Straße, die durch sie hindurch führen würde, und ihm wurde leicht ums Herz.

# Märchen in der Reihe dtv zweisprachig

English Fairy Tales
Englische Märchen
dtv zweisprachig

**englisch-deutsch**
**English Fairy Tailes / Englische Märchen**
**Illustriert**
**dtv 9008**

Tales from the Highlands
Geschichten aus dem schottischen Hochland
dtv zweisprachig

**englisch-deutsch**
**Tales from the Highlands / Geschichten aus dem schottischen Hochland**
**dtv 9202**

Perrault
Le Chat Botté et les autres Contes de Fées
Der gestiefelte Kater und die anderen Märchen
dtv zweisprachig

**französisch-deutsch**
**Le chat botté et les autres Contes de Fées / Der gestiefelte Kater u. die anderen Märchen**
**dtv 9196**

Cuentos populares españoles
Spanische Volksmärchen
dtv zweisprachig

**spanisch-deutsch**
**Cuentos populares españoles / Spanische Volksmärchen**
**dtv 9204**

Fiabe Siciliane
Sizilianische Märchen
dtv zweisprachig

**italienisch-deutsch**
**Fiabe Siciliane / Sizilianische Märchen**
**Illustriert**
**dtv 9036**

Народные Русские Сказки
Russische Volksmärchen
dtv zweisprachig

**russisch-deutsch**
**Russische Volksmärchen**
**Illustriert**
**dtv 9153**